Wings of Philim

フィリムの翼《つばさ》

飛空騎士の伝説

上

静山社

フィリムの翼《つばさ》

飛空騎士の伝説

上

フィリムの翼《つばさ》

飛空騎《き》士《し》の伝説 ―上

目次

3章 巨《きょ》人《じん》の椅《い》子《す》

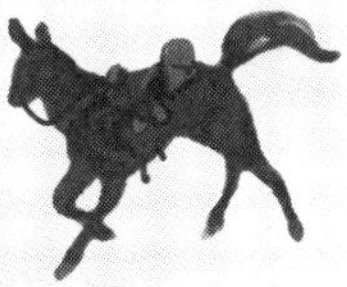

4章 飛空騎《き》士《し》の秘《ひ》密《みつ》

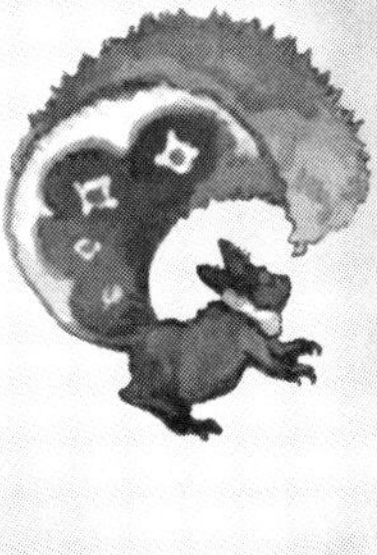

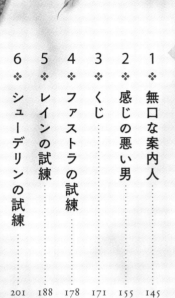

主な登場人物（上巻）

ファストラ

見習い飛空騎士《きし》。十五歳《さい》。飛空騎士《きし》団長《だんちょう》をめざしている大柄《おおがら》な少年。三歳《さい》のときに飛空騎士《きし》だった父を亡《な》くし、養父母に引き取られる。実母はエンデシム人。愛馬はファング

レイン

見習い飛空騎士《きし》。十五歳《さい》。黒髪《くろかみ》のスラリとした美しい少女。飛空騎士《きし》団長《だんちょう》ダッカの娘《むすめ》。まじめで何事にも熱心だが、弓が苦手。動物と意思疎通《いしそつう》できる能《のう》力《りょく》をもつ。愛馬はレース

シューデリン

見習い飛空騎士《きし》。十五歳《さい》。栗色《くりいろ》の髪《かみ》をした小柄《こがら》な少女。見習い騎士《きし》一の問題児。弓の名人だが飛空騎士《きし》への意欲《いよく》は低く、細工《さいく》師《し》の父の仕事にあこがれている。愛馬はシュート

ダッカ

フィリムの飛空騎士《きし》団長《だんちょう》であり、騎兵隊《きへいたい》をふくむフィリム軍の総《そう》司令官。レインの父でもある

ヒューガ

フィリムの飛空騎士《きし》。ダッカの副官でファストラの義理《ぎり》の次兄《じけい》

シルカ

「巨人《きょじん》の椅子《いす》」に住む謎《なぞ》の青年

ネク

見習い飛空騎士《きし》三人を「巨人《きょじん》の椅子《いす》」まで案内する青年

リディン

「フィリムの戦女神《いくさめがみ》」と言われた伝説の飛空騎士《きし》。エンデシムの奥地に亡命《ぼうめい》した

エジカ

フィリムの飛空騎士《きし》でリディンの恋人《こいびと》。リディンとともに亡命《ぼうめい》した

フラーヴァン王

フィリムの女王

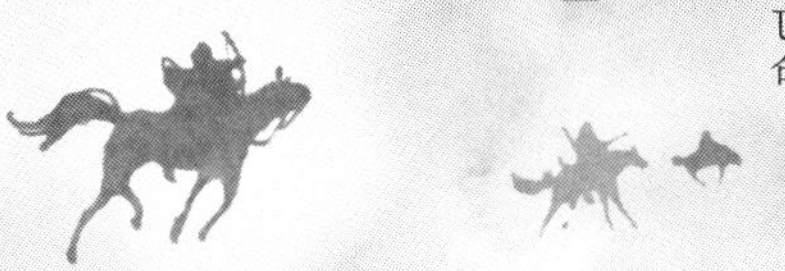

物語の舞台《ぶたい》

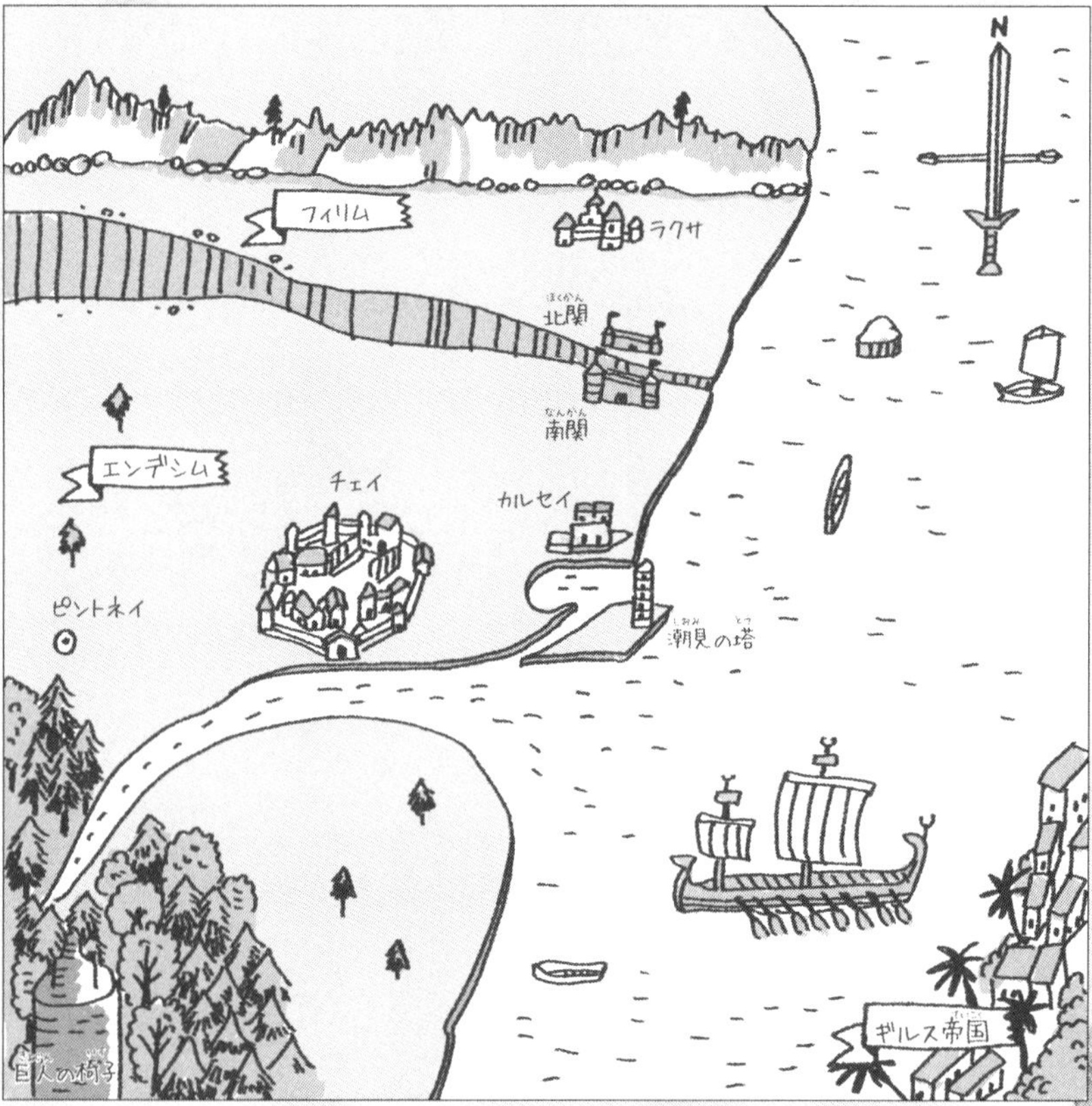

地図作成／かたおか朋子

1章 突然《とつぜん》の旅立ち

1 ❖ 侵攻《しんこう》

――独立暦《どくりつれき》一三三年六月四日。

朝日がゆっくりと顔を出して、波頭《はとう》をきらめかせた。黒々としていた海面が、じわじわと明るくなっていく。

「潮見《しおみ》の塔《とう》」は、大陸の東のはしにそびえている。灯台と見張《みは》り台の役割《やくわり》をもつ塔《とう》で、大陸で最初に朝日を見る場所である。

塔《とう》の最上部では、かがり火が盛大《せいだい》に燃《も》えていた。二人の見張《みは》りが夜の当番についていたが、二人とも目が完全には開いていない。かがり火の暖《あたた》かさと、まもなく交代の時間だというほっとした気持ちが、眠気《ねむけ》を呼《よ》んでいる。

陽光に顔をなでられて、見張《みは》りの一人がまばたきした。

「ん？　何だ、あれは」

水平線に黒々としたかたまりが見える。逆光《ぎゃっこう》で見えにくいが、だんだんと大きくなってくるようだ。

「交易船《こうえきせん》かな？　それにしては数が多すぎるようだが……」

二人の見張《みは》りは手すりから身を乗り出して、海を見つめた。

「もしかして、軍船？」

「そうだ、それもすごい数だ。敵襲《てきしゅう》か？」

二人は顔を見あわせ、自分たちの仕事を思い出した。

薪《まき》といっしょに積んである、ほこりをかぶった袋《ふくろ》を開ける。中に入っている赤い粉《こな》をかがり火にかける。

パチパチと音が立って、赤い煙《けむり》があがった。

「これじゃ足りん。もっとかけろ」

一人が袋《ふくろ》を持ちあげたとき、足もとを栗色《くりいろ》の小動物が走った。しっぽが太く大きく、愛くるしい動物である。

「氷栗鼠《こおりりす》だ！　気をつけろ！」

見張《みは》りの一人が叫《さけ》んで、剣《けん》を抜《ぬ》いた。もう一人は持ちあげていた袋《ふくろ》を氷栗鼠《こおりりす》に投げつける。

氷栗鼠《こおりりす》はさっと動いて袋《ふくろ》をかわすと、しっぽを振《ふ》った。

無数の氷片《ひょうへん》が生まれて、空中で渦《うず》を巻《ま》く。そして風となって、見張《みは》りたちをおそった。氷《ひょう》片《へん》に切り裂《さ》かれて、見張《みは》りたちはうめき声をあげる。剣《けん》を振《ふ》りまわすが、どうにもならない。見張《みは》りたちをつつむ白い氷の竜巻《たつまき》に、赤い血が混《ま》じった。

氷の竜巻《たつまき》はふいに消え、見張《みは》りたちは倒《たお》れた。剣《けん》はいつのまにか手をはなれ、床《ゆか》に落ちている。一人は凍《こお》りついて動かないが、もう一人は息があった。ひざをついて立ちあがろうとしている。

「ほう、しぶといな」

つぶやいたのは、はしごをのぼって現《あらわ》れた男だった。氷栗鼠《こおりりす》がキュルルと鳴いて、男の足にまとわりつく。

男の右手には短剣《たんけん》があった。その刀身は黒く、朝日をあびても反射《はんしゃ》しない。

短剣《たんけん》が弧《こ》を描《えが》き、黒い刀身が血にぬれた。立ちあがろうとしていた見張《みは》りは、首を斬《き》られて動かなくなった。

赤い煙《けむり》が細く立ちのぼっている。

「終わったか？」

襲撃者《しゅうげきしゃ》がもう一人、はしごの穴《あな》から顔を出した。

「ああ、簡単《かんたん》な任務《にんむ》だった」

男は片手《かたて》で氷栗鼠《こおりりす》をなでながら、もう片方《かたほう》の手で水がめの水を火にかけた。

潮見《しおみ》の塔《とう》から赤い狼煙《のろし》があがったのは二十七年ぶりである。

しかし、その狼煙《のろし》はすぐに消えてしまい、人々に警告《けいこく》は届《とど》かなかった。


その大陸はかつて、「西大陸」と呼《よ》ばれていた。東方から来た征服者《せいふくしゃ》につけられた名である。大陸に住む人々はその名を嫌《きら》い、百年ほど前、新たな名をつけた。

「緑藍大陸《ネイ・キール》」という新たな名は、大陸にある二つの国の旗の色からきている。緑色《ネイ》の旗はエンデシム、大陸の南に広がり、豊《ゆた》かな農業生産力を誇《ほこ》る平原と森の国だ。藍色《キール》の旗はフィリム、大陸の北側に位置し、牧畜《ぼくちく》の盛《さか》んな高原と山の国である。互《たが》いに争った歴史《れきし》をもつ両国だが、ここ二十数年は「血の盟約《めいやく》」によって平和がたもたれている。

フィリムは騎兵《きへい》を主力とした強兵の国として知られている。その軍をひきいるのが、飛空騎士団長《きしだんちょう》のダッカだ。豊《ゆた》かなほおひげをたくわえた堂々《どうどう》たる武人《ぶじん》で、この年、四十八歳《さい》になる。

赤い狼煙《のろし》があがったその日、ダッカは関所の視察《しさつ》を終えて、王都ラクサへの街道《かいどう》をたどっていた。身の回りの世話をする従者《じゅうしゃ》と三人の騎兵《きへい》をしたがえ、馬を進めている。

「む？」

ダッカが馬をとめた。

かすかに悲鳴が聞こえたような気がしたのだ。

フィリムの高原は丈《たけ》の高い草木は少ないが、なだらかな丘《おか》が連なっており、地上を進むと見通しはよくない。

「我々《われわれ》が見てきます」

部下の騎兵《きへい》たちが馬を走らせた。

「おれも行こう」

ダッカは手綱《たづな》を通して無言の指示《しじ》を送った。栗毛《くりげ》の美しい馬が、雄々《おお》しくいないて走りだす。

しばらくすると、蹄《ひづめ》の音が聞こえなくなった。馬は宙《ちゅう》を蹴《け》って、空へとのぼっていく。徐々《じょじょ》に速度があがり、高度もあがる。馬は四肢《しし》を伸《の》ばして力強く、それでいて優雅《ゆうが》に空を駆《か》ける。青い空に、馬の栗色《くりいろ》が映《は》えている。

ダッカはフィリムの誇《ほこ》る飛空騎士《きし》だ。またがる馬に翼《つばさ》はなく、魔法《まほう》の力で空を駆《か》ける。飛空騎士《きし》はその優美《ゆうび》な姿《すがた》と、勇猛《ゆうもう》な戦いぶりで、大陸の民《たみ》からあこがれの目を向けられていた。大陸最強のフィリム飛空騎士団《きしだん》は、「天翔《あまか》ける騎士団《きしだん》」「見えない翼《つばさ》」などの異名《いみょう》とともに語られる。

飛空騎士《きし》の武器《ぶき》のひとつが、その視界《しかい》の広さだ。空にあがれば、街道《かいどう》を外れた丘《おか》の向こうまで見わたせる。ダッカは丘《おか》を越《こ》えた先に、三人の男に囲《かこ》まれた女を見つけた。全員が剣《けん》を抜《ぬ》いており、今にも戦いがはじまりそうだ。

「あの丘《おか》の先だ。助けるぞ！」

ダッカは地上の騎士《きし》たちに、大声で指示《しじ》を送った。騎士《きし》たちは地を駆《か》ける。

鞍袋《くらぶくろ》の弓に手を伸《の》ばしかけて、ダッカは動きをとめた。事情《じじょう》がわからないうちは、攻撃《こうげき》はひかえておこう。

ダッカは背負《せお》っていた槍《やり》をとると、騒《さわ》ぎの中心に向かって高度をさげた。

部下たちが男女を囲《かこ》む位置につくのを待って、重々しく声をかける。

「そこで何をしている」

飛空騎士《きし》の空からの攻撃《こうげき》は強力で、盗賊《とうぞく》相手であれば、たとえ一対十でも引けをとることはない。飛空騎士《きし》の強さを知らぬ者などいないから、姿《すがた》を見せるだけで、事態《じたい》を収《おさ》められるだろう。ダッカはそう思っていたのだが、結果的にはまちがっていた。

「お助けを！」

叫《さけ》んだ女に、男の一人が剣《けん》をかざして斬《き》りかかる。

ダッカは馬をあやつって、女と男の間に降《お》りたった。四本の脚《あし》が地面に着くより先に、男の剣《けん》を槍《やり》で払《はら》い、はじきとばす。

「事情《じじょう》を……」

言いかけたとき、背後《はいご》の女が声をあげた。

「飛空騎士《きし》さま！」

思わず振《ふ》り返ったダッカは、眉《まゆ》をひそめた。女が何かを袋《ふくろ》から出して突《つ》きつけている。鳥だ。目が合った。

「コッコー」

鳥が鳴いた瞬間《しゅんかん》、ダッカは槍《やり》を突《つ》き出した。槍《やり》は鳥の胸《むね》に突《つ》きささり、背中《せなか》に抜《ぬ》ける。

「まさか、石化鶏《せきかどり》?」

ダッカの顔から血の気が引いていた。槍《やり》がつらぬいた鳥は、鶏《にわとり》に似《に》ていた。とさかが黒いのは、石化の魔法《まほう》を使う鶏《にわとり》の特徴《とくちょう》だ。珍《めずら》しい魔法《まほう》動物で、ダッカも実物を見たのははじめてだった。

女はすでに身をひるがえしている。男たちも同様だ。おそわれているように見えたのは、ダッカを誘《さそ》い出すわなだったのだ。

それとさとったダッカが指示《しじ》を出す前に、部下の騎士《きし》たちは動いていた。男女を追って馬を走らせる。

「生かして捕《と》らえろ!」

ダッカの命令は達せられなかった。騎士《きし》たちは女と男の一人を倒《たお》すのがせいいっぱいで、残る二人を見失ってしまった。襲撃者《しゅうげきしゃ》たちは想像《そうぞう》以上に戦いに慣《な》れていたのである。二人が姿《すがた》を消したのは、何らかの魔法《まほう》の効果《こうか》だと思われた。幻影《げんえい》を見せる魔法《まほう》動物を連れていたのかもしれない。

従者《じゅうしゃ》がおそるおそる問いかけた。

「団長閣下《だんちょうかっか》、先ほど魔法《まほう》をかけられたように見えましたが……ご無事ですか？」

ダッカは落ちついた表情《ひょうじょう》で答える。

「ああ、問題ない。おれは急いで王都に戻《もど》る。おまえたちは死体を調べてから来い。このことは他言《たごん》しないように」

ダッカは騎士《きし》たちに命令を繰《く》り返すと、愛馬をうながして飛びたった。

石化鶏《せきかどり》の魔法《まほう》は、石化の呪《のろ》いである。目を合わせて鳴き声を聞いた者は、やがて石と化す。ダッカはすでに右足の先の感覚がなくなっていた。早く呪《のろ》いをとかないと、全身が石になって死んでしまう。

「それにしても、何者の仕業《しわざ》なのだ？」

その疑問《ぎもん》の答えは、王都に着くなりもたらされた。

海をへだてた東にあるギルス帝国《ていこく》が、このネイ・キール大陸に攻《せ》めてきたのだ。この日の朝、大陸の玄関《げんかん》にあたるエンデシムの港町カルセイが早くも落とされたという。

「そういうことか」

ダッカはいまいましげにつぶやいた。ダッカをねらったのは帝国《ていこく》の刺客《しかく》だろう。飛空騎士《きし》団長《だんちょう》は飛空騎士団《きしだん》だけでなく、フィリム軍全体をひきいる総《そう》司令官だ。一日でエンデシムの港を奪《うば》い、同時にフィリム軍の総《そう》司令官を襲撃《しゅうげき》する。細かく計画を立て、しっかりと準備《じゅんび》をしてきたにちがいない。帝国《ていこく》は本気である。

「魔法《まほう》学者を呼《よ》んでくれ」

指示《しじ》を出しながら、ダッカは右足に神経《しんけい》を集中させて、足を引きずることなく歩いた。自分の状態《じょうたい》を兵士《へいし》たちに知られれば、不安と混乱《こんらん》が広がるだろう。なるべく秘密《ひみつ》にしておきたかった。

2 ❖ 見習い騎士《きし》たち

三人の飛空騎士《きし》がフィリムの上空を飛んでいる。いずれも見習い騎士《きし》で、先頭を飛ぶ大柄《おおがら》な少年がファストラ、二番目を行くすらりとした少女がレイン、最後に遅《おく》れてついていく小《こ》柄《がら》な少女がシューデリンだ。

三人は革製《かわせい》の丈夫《じょうぶ》なよろいを身につけただけの軽装《けいそう》で、かぶとはかぶらず、髪《かみ》を風にさらしていた。馬は胸《むね》と腹部《ふくぶ》を革《かわ》のよろいでおおっている。武器《ぶき》は鞍《くら》につけた袋《ふくろ》に入っている弓と、背負《せお》っている短めの槍《やり》である。くわえて、腰《こし》に剣《けん》を差す者もいる。

見習いといえども、これは飛空騎士《きし》の正式な武装《ぶそう》だ。フィリムの騎兵《きへい》は速く走るため、鉄《てつ》製《せい》のよろいやかぶとなどは身につけないが、飛空騎士《きし》はさらに軽さを追求している。上から攻撃《こうげき》を受けることは少ないため、じゃまなかぶとはかぶらない。逆《ぎゃく》に、普通《ふつう》の騎兵《きへい》は守らない馬の腹《はら》によろいをつける。

三人は十五歳《さい》で、見習い騎士《きし》としては最年長にあたる。正式な武装《ぶそう》をしているのは、実戦をともなう訓練に向かっているからだ。

「タル村をおそった洞穴猫《アナライオン》を退治《たいじ》せよ」

それが三人に与《あた》えられた命令である。洞穴猫《アナライオン》はフィリムの山岳《さんがく》にすむ猛獣《もうじゅう》で、家畜《かちく》の天敵《てんてき》である。すでに子どもを含《ふく》む二人の村人と三頭の毛皮牛《けがわうし》が犠牲《ぎせい》になっているという。こうした猛獣退治《もうじゅうたいじ》は、訓練をかねて、見習い騎士《きし》に任《まか》せられることが多い。

「たいくつな任務《にんむ》だよな」

ファストラが後ろを振《ふ》り返った。くせのある茶色の髪《かみ》が揺《ゆ》れる。

「洞穴猫《アナライオン》なんて、おれの相手じゃない。訓練になるかどうか」

レインが真剣《しんけん》な表情《ひょうじょう》で答える。

「しっかり前を向いて、まっすぐ飛んで。ほら、馬がふらふらしている」

「大丈夫《だいじょうぶ》だって。敵《てき》がいるわけじゃないんだから。なあ、ファング」

ファングというのは、ファストラの愛馬の名前である。相棒《あいぼう》となる飛空馬《ひくうば》には、自分の名前の頭文字をとって名づけるのがならわしだ。レインの馬はレース、シューデリンの馬はシュートという。ファングとシュートは牡《おす》で、レースは牝《めす》だ。三頭ともよく日に映《は》える栗色《くりいろ》の馬体をしている。

「そんないいかげんなことをしていたら、訓練にならないでしょ」

レインが速度をあげて、ファストラを抜《ぬ》いた。細身の美しい少女は前傾姿勢《ぜんけいしせい》をとって、飛《ひ》空馬《くうば》の手綱《たづな》を軽くにぎっている。後ろで束ねた黒髪《くろかみ》が風になびく。その飛ぶ様子はまさに人馬一体で、調和がとれていた。愛馬との信頼《しんらい》関係がよくわかる。

一方のファストラとファングは、仲がよいとは言えない。ファストラは筋肉質《きんにくしつ》で肉づきのよい体格《たいかく》なので、馬にとってはありがたくない乗り手であろう。ファングはときおり、重さを嫌《いや》がるような仕草《しぐさ》を見せたり、ふらついたりする。もっとも、ファストラはまったく気にしていない。

「ようは敵《てき》を倒《たお》せばいいんだから」

これは必ずしも大言壮語《たいげんそうご》ではない。ファストラは馬上での槍《やり》のあつかいが巧《たく》みで、一対一の戦いに強い。正規《せいき》の飛空騎士《きし》をあわせても、五本の指に入るほどだ。今はまだ粗《あら》けずりで、馬もうまくあやつれていないが、力と速さは群を抜《ぬ》いているので、やがては最強の飛空騎士《きし》になるかもしれない。

もっとも、飛空騎士《きし》は一騎打《いっきう》ちが強ければいいというものではない。弓の腕前《うでまえ》、馬に乗る技術《ぎじゅつ》、戦況《せんきょう》をつかむ目、すべてそろって、はじめて一人前の飛空騎士《きし》だ。団長《だんちょう》のダッカは、常々《つねづね》そう言って、見習いたちを厳《きび》しくきたえている。

洞穴猫退治《アナライオンたいじ》も簡単《かんたん》ではない。洞穴猫《アナライオン》はたてがみのない小型《こがた》のライオンで、おとなの男性《だんせい》よりも小さいくらいだが、戦闘力《せんとう》は高い。牛や馬など、爪《つめ》の一撃《いちげき》で倒《たお》してしまう。飛空騎士《きし》は上から攻撃《こうげき》できるため、地上の生物に対しては圧倒《あっとう》的に優位《ゆうい》だが、油断《ゆだん》は禁物《きんもつ》だ。

出発の前に、シューデリンがたずねた。

「洞穴猫《アナライオン》が魔法《まほう》を使ったら、どうするのですか」

ダッカの答えは明白だった。

「そのときは逃《に》げろ。命令だ」

ネイ・キール大陸には、飛空馬《ひくうば》のように人に飼《か》われている魔法《まほう》動物だけでなく、野生の魔《ま》法《ほう》動物も存在《そんざい》する。ただ、その数は多くない。洞穴猫《アナライオン》の場合は幻影《げんえい》の魔法《まほう》を使う例が報告《ほうこく》されているが、割合《わりあい》としては百頭に一頭もいないだろう。

「はい、逃《に》げます」

シューデリンはほっとした。戦うのは嫌《きら》いである。普通《ふつう》の洞穴猫《アナライオン》が相手でも逃《に》げたいくらいだ。

なので、最後尾《さいこうび》を飛ぶシューデリンは、洞穴猫《アナライオン》が魔法《まほう》の使い手であることを願っている。

「いた！」

レインが下を指さした。

灰色《はいいろ》の洞穴猫《アナライオン》が何か茶色いものを引きずっていた。

「あれって……」

レインは顔をしかめた。

洞穴猫《アナライオン》が引きずっているのは、毛皮牛《けがわうし》の子どもだ。半分くらいはすでに食われている。

洞穴猫《アナライオン》にとっては生きるための行為《こうい》だが、毛皮牛《けがわうし》を家族同様に育てているフィリム人にとっては許《ゆる》せない。

「おれが退治《たいじ》してやる」

ファストラが背中《せなか》の槍《やり》をとった。

レインは弓を出して矢をつがえようとする。

「やめとけって。矢の無駄《むだ》だ」

ファストラが忠告《ちゅうこく》する。レインはむっとしたが、少しためらってから、弓をしまった。

たとえ地上であっても、馬上から弓を射《い》るには足だけで馬をあやつらなくてはならず、そこがまず難《むずか》しい。それがさらに空からとなると、姿勢《しせい》が安定せず、風の影響《えいきょう》も大きくなるため、地上よりもはるかに困難《こんなん》なのだ。レインは弓が得意《とくい》ではないため、まず当たらないだろう。

「手助けはいらないからな」

うそぶくファストラに、レインが言い返す。

「これは遊びじゃない。失敗したら死ぬんだから、真剣《しんけん》にやって」

レインは槍《やり》をかまえ、ファストラとは逆《ぎゃく》の方向にまわる。洞穴猫《アナライオン》を挟《はさ》み撃《う》ちにするつもりだ。

ファストラもさすがに表情《ひょうじょう》を引きしめ、洞穴猫《アナライオン》に向かっていく。洞穴猫《アナライオン》はにおいに気づいたか、頭をあげて辺りの様子をうかがった。

「ファスもレインもがんばって」

後方からシューデリンが応援《おうえん》する。栗色《くりいろ》の短めの髪《かみ》が、ふわりと浮《う》いている。

「でも、いちおう援護《えんご》しようか」

シューデリンはつぶやいて弓をかまえ、すばやく矢を放った。

これは洞穴猫《アナライオン》の気をそらすためだ。矢に気づいた洞穴猫《アナライオン》が右に跳《と》びのく。そこでファストラが動いた。

ねらいすまして、槍《やり》を突《つ》きおろす。

絶対《ぜったい》の自信があったのだが、手応《てごた》えはなかった。洞穴猫《アナライオン》は前に転がって槍《やり》をかわしていた。後ろにレインが迫《せま》っていたのに、気づいていたのかもしれない。そのまま起きあがって、ファストラに向き直る。追撃《ついげき》の隙《すき》がない。

ファストラはいったん上昇《じょうしょう》して間合いをとった。

「意外に冷静だろ」

自分で自分を褒《ほ》める。上空から攻撃《こうげき》する優位《ゆうい》を失ってはならない。飛空騎士《きし》の戦いの基本《きほん》である。

シューデリンが再《ふたた》び矢を放った。それと同時に攻撃《こうげき》に出ようとしたファストラは、妙《みょう》な光景を見た。洞穴猫《アナライオン》が三体いるように見える。

「何だ、これ?」

ファストラは動きをとめた。

「逃《に》げて!」

レインが叫《さけ》んで上昇《じょうしょう》する。洞穴猫《アナライオン》が分身したように見えるのは、幻影《げんえい》の魔法《まほう》を使っているからだ。見習い騎士《きし》にとっては強敵《きょうてき》である。団長《だんちょう》の命令どおり、逃《に》げなければならない。

あとにつづこうとしたファストラは、ふと気づいた。洞穴猫《アナライオン》は三体が横に並《なら》んでいるが、右の一体だけ色が濃《こ》い。

「見切った!」

ファストラはその一体めがけて槍《やり》を突《つ》き出した。

「え!?」

頭部をつらぬいたはずなのに、感触《かんしょく》がない。

ファングが空中で跳《は》ねた。洞穴猫《アナライオン》の攻撃《こうげき》をかろうじてかわしたのだ。しかし、ファストラは宙《ちゅう》に投げ出されてしまった。

「ばか野郎《やろう》が！」

飛空馬《ひくうば》とつながれたベルト状《じょう》の命綱《いのちづな》で宙《ちゅう》づりになりながら、ファストラは聞き慣《な》れた声を聞いた。

洞穴猫《アナライオン》の眉間《みけん》に槍《やり》が突《つ》き立っている。洞穴猫《アナライオン》はひくひくと体をふるわせていたが、槍《やり》が抜《ぬ》かれると同時に、どうと倒《たお》れた。

槍《やり》の持ち主である飛空騎士《きし》は、片手《かたて》でファストラをつかむと、持ちあげてファングの鞍《くら》に戻《もど》した。すさまじい腕力《わんりょく》だ。その愛馬も、他の飛空馬《ひくうば》より体格《たいかく》がいい。

「すまん、兄貴《あにき》」

ファストラは大きな体をちぢめていた。レインとシューデリンが飛んできて、仲間の隣《となり》に並《なら》び、助けてくれた飛空騎士《きし》に敬礼《けいれい》する。

見習い騎士《きし》たちを見おろしているのは、若《わか》いながらも団長《だんちょう》の信頼《しんらい》が厚《あつ》い飛空騎士《きし》で、名をヒューガという。

「説教はあとだ。すぐに王都に戻《もど》るぞ。おまえたちには重要な任務《にんむ》が与《あた》えられるんだ」

「緊急事態《きんきゅうじたい》ですか？　どういう任務《にんむ》でしょう？」

質問《しつもん》するレインの横で、シューデリンはあからさまに嫌《いや》な顔をしている。

「帰りながら説明しよう。暗くなるまでに王都に着きたい」

飛空騎士《きし》たちはいったん地上に降《お》りて、装備《そうび》をととのえると、再《ふたた》び飛びたった。

3 ❖ 英雄《えいゆう》リディン

フィリムとエンデシムの建国以前、ネイ・キール大陸は百年以上にわたって、ギルス帝国《ていこく》の支配《しはい》下にあった。収穫《しゅうかく》物の半分以上が奪《うば》われ、役人の悪口を言っただけで死刑《しけい》になり、人口の三人に一人は奴隷《どれい》として帝国《ていこく》本土に送られた。この間は大陸の暗黒時代とされている。

今年は独立暦《どくりつれき》で一三三年だが、この暦《こよみ》は帝国《ていこく》から独立《どくりつ》した年ではなく、独立《どくりつ》戦争がはじまった年を元年としている。激《はげ》しい戦いの末、独立暦《どくりつれき》四年にフィリムが建国され、独立暦《どくりつれき》八年にエンデシムが建国された。

建国当初のフィリムとエンデシムは、対帝国《ていこく》の戦略《せんりゃく》をめぐって不和がつづいていたが、独《どく》立暦《りつれき》十一年に同盟《どうめい》を結んだ。帝国《ていこく》の暦《こよみ》にかわって、新しい暦《こよみ》が制定《せいてい》されたのはこのときである。

新しい暦《こよみ》の元年をいつにするかは、結ばれたばかりの同盟《どうめい》が崩壊《ほうかい》しかねない問題であった。どちらかの建国年を元年にするわけにはいかない。同盟《どうめい》が結ばれた年を元年にすると、建国年がそれより前になって格好《かっこう》がつかない。激論《げきろん》の結果、独立《どくりつ》戦争がはじまった年を基準《きじゅん》としたのである。

その後も、帝国《ていこく》は何度となくネイ・キール大陸を取り返そうと攻《せ》めてきた。二十七年前の侵攻《しんこう》では、とくにエンデシムの被害《ひがい》が大きかった。このとき、帝国《ていこく》の目的は領土《りょうど》獲得《かくとく》ではなく奴隷《どれい》狩《が》りで、大陸から一万人もの民《たみ》が連れ去られたという。

ギルス帝国《ていこく》は、力こそ正義《せいぎ》、という価値《かち》観をもっている。多くの領土《りょうど》を奪《うば》い、多くの戦利品を得《え》た皇帝《こうてい》が、のちの世まで褒《ほ》めたたえられる。帝国《ていこく》内では税《ぜい》が安く、民《たみ》は暮《く》らしやすいが、それは他国から富を奪《うば》っているからだ。

そのような国だから当然、ギルス帝国《ていこく》の軍事力は高いが、フィリムが誇《ほこ》る飛空騎士団《きしだん》は、帝国《ていこく》軍にも負けない。二十七年前の帝国《ていこく》との戦いが最終的に勝利に終わったのは、彼《かれ》らの活《かつ》躍《やく》によるものだ。

飛空騎士《きし》の数がもっと多ければ、フィリムは帝国《ていこく》を簡単《かんたん》に撃退《げきたい》していただろう。しかし、現在《げんざい》、飛空騎士《きし》は六十三人しかいない。十二歳《さい》から十五歳《さい》までの見習い騎士《きし》も九人だけだ。飛空騎士《きし》をどう増《ふ》やすかは、フィリムの未来を左右する問題である。

三人の見習い騎士《きし》は、修業《しゅぎょう》の最後の一年を迎《むか》えている。

ファストラは飛空騎士《きし》だった父が早くに亡《な》くなったので、養子に出された。ヒューガとその上のもう一人の兄とは、血がつながっていない。養父母はすでに世を去っており、養母方の祖父母《そふぼ》に育てられている。

レインは騎士団長《きしだんちょう》ダッカの娘《むすめ》で、下に弟がいる。黒い二重の目と、すっきりした鼻筋《はなすじ》が印《いん》象《しょう》的な、ととのった顔立ちの少女だ。まじめで頭が切れ、何事にも熱心に取り組んでいるが、弓を苦手としている。

シューデリンは見習い騎士《きし》のなかで一番の問題児である。母が飛空騎士《きし》で、兄も勇敢《ゆうかん》な飛空騎士《きし》だったが、本人にはまったくやる気が感じられない。訓練はなまけがちで、そのわりには馬も弓も上手《じょうず》にあやつるが、小柄《こがら》で体力がなく、飛空騎士《きし》としての将来《しょうらい》を心配されている。

三人の見習い騎士《きし》たちは髪《かみ》を風になびかせながら、ヒューガを追って空を駆《か》けている。

「ギルス帝国《ていこく》が攻《せ》めてきて、カルセイが落とされた。同時に、団長《だんちょう》がおそわれて石化の呪《のろ》いを受けた」

ヒューガが簡単《かんたん》に事情《じじょう》を告《つ》げると、見習い騎士《きし》たちは言葉を失った。口数の多いファストラでさえ、とっさに舌《した》を動かせない。

「それで、父の、いえ団長《だんちょう》の具合はよくないのですか?」

レインの声がふるえていた。もともと白い肌《はだ》が青ざめて、透《す》きとおるように見える。

「今は問題ない」

ヒューガの返答は単純《たんじゅん》ではなかった。

「ただ、呪《のろ》いは完全にはとけていない。進行を二、三か月、遅《おく》らせるのがせいいっぱいだった。そこで、おまえたちに任務《にんむ》が与《あた》えられる」

レインは一瞬《いっしゅん》、息を飲んだが、すぐに理解《りかい》した。

「呪《のろ》いをとく手段《しゅだん》はあるのですね。私《わたし》たちは何をすればいいのですか」

「説明すると長いんだが、簡単《かんたん》に言うと、エンデシムに行ってもらう」

「エンデシムだって?」

ファストラの声が遠くから聞こえたのは、やや遅《おく》れていたからである。ヒューガの速度についていくのはファストラには厳《きび》しい。

「ああ、エンデシムの森の奥《おく》、『巨人《きょじん》の椅子《いす》』に行って、英雄《えいゆう》リディンに助けを求めるんだ」

ファストラは目を見開き、レインは眉《まゆ》をひそめ、シューデリンは首をかしげた。

「リディンって、まだ生きてるのか」

ファストラが大声をあげた。風に負けないように声を張《は》ったのだが、もともと声は大きいので、その必要はなかっただろう。

ヒューガが耳をおさえる仕草《しぐさ》をしながら答える。

「英雄《えいゆう》リディンが亡命《ぼうめい》したのは二十四年前、二十六歳《さい》のときだ。その後の行方《ゆくえ》ははっきりしていないが、生きていても不思議ではない」

リディンは、二十七年前のギルス帝国《ていこく》の侵攻《しんこう》や、その二年後に起こったエンデシムとの戦《いくさ》で活躍《かつやく》し、フィリムを救《すく》った飛空騎士《きし》である。一人の飛空騎士《きし》としても指揮《しき》官としてもすぐれていて、「フィリムの戦女神《いくさめがみ》」という異名《いみょう》でも知られていた。リディンがいなければ、フィリムはおそらくエンデシムに征服《せいふく》されていただろう。

にもかかわらず、リディンは戦後、ひそかにフィリムをはなれた。これは、「飛空騎士《きし》の禁忌《きんき》」が原因《げんいん》とされている。

飛空騎士《きし》になれるのは、飛空騎士《きし》の子どもだけである。両親のどちらかが飛空騎士《きし》でなければならず、飛空騎士《きし》と血のつながりのない者は、飛空馬《ひくうば》に乗っても空は飛べない。この制《せい》約《やく》があるせいで、飛空騎士《きし》の数はなかなか増《ふ》えない。資格《しかく》のある者を育てることでしか増《ふ》やせないから、ひとたび戦《いくさ》があれば、死傷者《ししょう》が出て数が減《へ》る一方である。

そのため、「飛空騎士《きし》どうしは結婚《けっこん》してはならない」という決まりができた。一人の飛空騎士《きし》が二人の子どもをもうけるとすると、飛空騎士《きし》どうしが結婚《けっこん》した場合、次世代は二人だが、それぞれ別の相手と結ばれた場合、次世代は四人になる。飛空騎士《きし》をなるべく増《ふ》やすための決まりである。

しかし、英雄《えいゆう》リディンは同僚《どうりょう》の飛空騎士《きし》エジカと相思相愛の仲だった。二人は愛をつらぬくため、祖国《そこく》を捨《す》てた。

それが二十四年前、フィリムとエンデシムの和平が成立して、情勢《じょうせい》が落ちついた頃《ころ》のことであった。

「英雄《えいゆう》リディンが、団長《だんちょう》を救《すく》う手段《しゅだん》を知っているのですか」

レインが勢《いきお》いこんでたずねる。ヒューガの返答は慎重《しんちょう》だった。

「……知っているかもしれない」

リディンもかつて、ダッカと同じ石化の魔法《まほう》をかけられた。そのときは魔法《まほう》による解呪《かいじゅ》に成功したようだ。解呪梟《かいじゅふくろう》が呪《のろ》いをといたらしいのだが、誰《だれ》が使っていた梟《ふくろう》なのかわからない。ダッカは当時、英雄《えいゆう》リディンのもとで戦っていたのだが、くわしい事情《じじょう》は知らされなかったという。

「見つけて聞いてみないとわからないのですね」

レインの声が沈《しず》んだ。

ヒューガはレインに気づかわしげな視線《しせん》を向けつつ、話をつづけた。

「もし呪《のろ》いをとく方法がわからなかったときは、英雄《えいゆう》リディンを連れ帰ってほしい」

「それは……」

レインは言葉を失った。リディンが軍をひきいてくれれば、自分はいなくてもいい。ダッカはそう考えているのだろう。

「リディンが見つからなかったら？」

ファストラが無神経《むしんけい》に質問《しつもん》する。

「そのときはエンデシムを頼《たよ》ることになる。魔法《まほう》の研究は我《わ》が国より進んでいるから、解呪《かいじゅ》できるかもしれない」

「最初から頼《たよ》ればいいのに」

シューデリンが口をはさんだ。

「おれもそう思うが、政治《せいじ》的な事情《じじょう》があるからな」

ヒューガは顔をしかめた。

フィリムとエンデシムは今は同盟《どうめい》を結んでいるが、激《はげ》しい戦いを繰《く》り広げた歴史《れきし》がある。なるべくなら借りをつくりたくないし、騎士団長《きしだんちょう》が呪《のろ》いを受けたという秘密《ひみつ》も知られたくない。

「とにかく、重要な任務《にんむ》だ。正直なところ、おれが行きたいくらいだが、団長《だんちょう》は自分の問題で戦力を減《へ》らしたくないようでな。おまえたちに任《まか》せることになったのだ」

「任《まか》せとけ！」

胸《むね》を張《は》るファストラを、ヒューガは冷たい目でにらんだ。

「一番心配なのがおまえだ。さっきだって、おれが来なかったら、死んでただろ」

「ちょっとだまされただけだ。それに、落ちそうになっただけで死んではない」

ヒューガはため息をついた。他の二人に声をかける。

「レインはあいつが暴走《ぼうそう》しないよう見張《みは》ってくれ。あまり気負わないように。シューデリンはもっと積極的に任務《にんむ》に当たれ。せっかくいい弓の腕《うで》を持っているんだから」

「はい。全力をつくします」

レインははっきり返事をしたが、シューデリンは気乗りしなさそうにうなずいただけだ。

ヒューガはよく通る声で告《つ》げた。

「いいか、飛空騎士《きし》は見えない翼《つばさ》に思いをのせて飛ぶんだ。任務《にんむ》を与《あた》えられた以上、見習いだって飛空騎士《きし》だ。飛空馬《ひくうば》との絆《きずな》、ともに訓練を積んだ仲間、守るべき家族や友人、美しいフィリムの風景、そういったものを大切に……」

ファストラが割《わ》りこんだ。

「説教はいいって。おれに任《まか》せて吉報《きっぽう》を待ってな」

ヒューガが口を閉《と》じたのは、ファストラを信用したからではなく、照れくさくなったからであった。

前方に王都ラクサが見えてきた。太陽はかたむきはじめていて、飛空騎士《きし》たちの影《かげ》は長く伸《の》びていた。

4 ❖ 南関《なんかん》の攻防《こうぼう》

ネイ・キール大陸は、東西に走る「大地溝《だいちこう》」によって南北に分けられており、これがそのままフィリムとエンデシムの国境《こっきょう》になっている。

大地溝《だいちこう》はその名のとおり、大地に刻《きざ》まれた大きなみぞで、広い部分になると、徒歩で一日かけても渡《わた》れないほどのはばがある。

境目《さかいめ》は崖《がけ》になっていて、北のフィリム側は高く切り立っており、南のエンデシム側は比較《ひかく》的なだらかだ。みぞの底も全体的に北へ向かってのぼり坂になっており、東西では、東に行くほど、みぞのはばがせまくなっている。大昔の大河《たいが》の跡《あと》とも、地面が神の力で引き裂《さ》かれた跡《あと》とも言われているが、成り立ちは定《さだ》かではない。

大地溝《だいちこう》がもっともせまくなる東側の一部に街道《かいどう》が通っており、徒歩で数時間かけて渡《わた》ることができる。フィリムとエンデシムの両国は、この街道《かいどう》の両側に関所をもうけていた。フィリム側が北関《ほくかん》、エンデシム側が南関《なんかん》と呼《よ》ばれる。ともに、堅固《けんご》な城壁《じょうへき》を備《そな》えた大規模《だいきぼ》な砦《とりで》だ。この二つの関所を通らないかぎり、大地溝《だいちこう》を渡《わた》るのは難《むずか》しい。

ギルス帝国《ていこく》軍はエンデシムの港町カルセイを一日で落とした。カルセイを守っていた将軍《しょうぐん》が寝返《ねがえ》ったため、戦闘《せんとう》らしい戦闘《せんとう》はほとんどなかった。

カルセイを拠点《きょてん》にした帝国《ていこく》軍は、そこからほど近い南関《なんかん》を次の標的に選んだ。南関《なんかん》を奪《うば》ってそのままフィリムへ侵攻《しんこう》する、あるいは守備《しゅび》兵をおいてフィリムからの援軍《えんぐん》を防《ふせ》ぎ、エンデシムの攻略《こうりゃく》を進める、どちらかがねらいであろう。

伝書鳩《でんしょばと》で報告《ほうこく》を受けたダッカは眉《まゆ》をひそめた。

「速い。いっさいの迷《まよ》いがないようだ」

ひとつはっきりしたことがある。今回の侵攻《しんこう》は、奴隷狩《どれいが》りが目的ではない。奴隷狩《どれいが》りなら、カルセイの近くの町や村をおそえばいいのだ。それをせずに関《せき》に軍を進めたのは、領土《りょうど》を奪《うば》うことが目的なのだろう。

右足をさすって立ちあがる。

「すぐに救援《きゅうえん》に向かう」

フィリムとエンデシムは「血の盟約《めいやく》」によって同盟《どうめい》を結んでおり、他国の侵攻《しんこう》や反乱《はんらん》があれば、互《たが》いに援軍《えんぐん》を出す取り決めになっている。

救援《きゅうえん》を求める使者はまだ来ていないが、早く動くべきだ、とダッカは判断《はんだん》した。

「お待ちください」

副官をつとめるヒューガが反対した。

「呪《のろ》いの進行はとまっているとはいえ、右足は万全《ばんぜん》ではないでしょう。ここは我々《われわれ》にお任《まか》せください」

ダッカは首を横に振《ふ》って、さとすように言う。

「ならん。おれが行かなければ、帝国《ていこく》を勢《いきお》いづけ、エンデシムからは疑《うたが》いの目を向けられることになろう。おまえたちのことは信頼《しんらい》しているが、これは政治《せいじ》の問題だ」

政治《せいじ》を持ち出されると、若《わか》いヒューガは反論《はんろん》できない。無念そうに引き下がる。

ダッカは五十騎《き》ほどの飛空騎士団《きしだん》をひきいて、南関《なんかん》に向かった。六月六日のことである。

南関《なんかん》はすでに、帝国軍《ていこく》の攻撃《こうげき》にさらされていた。

巨大《きょだい》な獣《けもの》が大地をゆらし、土煙《つちけむり》をあげて城壁《じょうへき》に迫《せま》る。

大きな耳に、長い鼻、そしてするどい牙《きば》。ネイ・キール大陸にはいない動物、象《ぞう》である。

エンデシムの若《わか》い兵は、象《ぞう》を見たことがなかった。

「あんなやつにぶつかられたら、ひとたまりもないぞ」

弩弓《どきゅう》をかまえていた兵が、泣きそうな顔でつぶやいた。

部隊長が冷静に指示《しじ》を出す。

「しっかりしろ。敵《てき》は一頭だ。いっせいに撃《う》つぞ」

弩弓《どきゅう》は足で弦《つる》を引く大型《おおがた》の弓だ。持ち運ぶのは難《むずか》しいが、威力《いりょく》があるので、城を守るのに向いている。

「放て！」

耳をこするような金属音《きんぞくおん》がして、数十本の鉄の矢がいっせいに放たれた。矢は象《ぞう》の顔めがけて一直線に飛ぶ。象《ぞう》はよろいをつけていない。弩弓《どきゅう》の威力《いりょく》なら、獣《けもの》の厚《あつ》い皮も突《つ》き通せるはずだ。

象《ぞう》が大きくいないないた。

黄色っぽい光が、象《ぞう》の前面を半球状《じょう》におおう。それは光の盾《たて》に見えた。弩弓《どきゅう》の矢が、次々と光に当たって地に落ちる。はねかえる音はしない。だが、矢は一本たりとも、盾《たて》をつらぬけない。

象《ぞう》が城壁《じょうへき》に体当たりした。いや、先に当たったのは、光の盾《たて》である。すさまじい音がして、石の城壁《じょうへき》がくだけた。城壁《じょうへき》上にいた兵士《へいし》たちが、宙《ちゅう》に投げ出されて悲鳴をあげる。

象《ぞう》が少し下がった。再《ふたた》び体当たりをかけるつもりだ。象《ぞう》の後ろには、帝国《ていこく》の歩兵たちがつづいている。

「あんなに大きい魔法《まほう》動物がいるのか……」

部隊長の足はふるえていた。それでも、部下たちには槍《やり》をかまえるよう指示《しじ》する。

「命にかえても、守り抜《ぬ》くのだ！」

「おお！」

兵士《へいし》たちは腹《はら》の底から大声をあげた。

ネイ・キール大陸では、ギルス帝国軍《ていこくぐん》は悪の権化《ごんげ》だ。とくにエンデシムでは、二十七年前の奴隷狩《どれいが》りで身内や親しい人をさらわれた者が少なくない。帝国軍《ていこくぐん》も魔法《まほう》動物も恐《おそ》ろしいが、絶対《ぜったい》に逃《に》げるわけにはいかないのだ。

部隊長は兵士《へいし》たちの士気《しき》の高さに満足した。ふと、上に目が行く。曇《くも》り空に数十の影《かげ》が映《うつ》った。

「あれは……？」

部隊長は希望を見いだした。

「見ろ！　フィリムの飛空騎士《きし》が救援《きゅうえん》に来てくれたぞ。みなの者《もの》、ふんばれ！」

エンデシムの守備《しゅび》兵が、それにこたえて槍《やり》をかまえる。

飛空騎士団《きしだん》は南関《なんかん》の上空に達していた。先頭のダッカは、光の盾《たて》をはりめぐらした象《ぞう》を見つめている。

「あれは盾象《たてぞう》ですか？」

ななめ後方から、ヒューガがたずねた。ダッカがうなずく。

「おそらくな。おれも見るのははじめてだ。後方から乗り手をねらおう」

盾象《たてぞう》はギルス帝国《ていこく》にすむ魔法《まほう》動物だ。魔法《まほう》を使ってみずからの前方に光の盾《たて》をつくる。帝《てい》国《こく》はこの特殊《とくしゅ》な象《ぞう》を捕《と》らえて調教し、戦《いくさ》に用いているのだった。盾象《たてぞう》の背《せ》には鞍《くら》がついており、象使《ぞうつか》いが乗って鞭《むち》をふるっている。

ダッカひきいる飛空騎士《きし》の部隊は、いったん盾象《たてぞう》を通りすぎてから引き返した。降下《こうか》しながら、矢を放つ。体勢《たいせい》を崩《くず》せば落ちる危険《きけん》があるから、下に向かって走りながら矢を射《い》るのは、きわめて難《むずか》しい。それを飛空騎士《きし》たちは涼《すず》しい顔でやってのける。

しかし、盾象《たてぞう》の鞍《くら》には、乗り手の頭上を守る屋根のようなおおいがつけられていた。矢はそのおおいに防《ふせ》がれて、乗り手に届《とど》かない。

「並走《へいそう》して横からねらうか?」

さらに高度を下げようとしたダッカは、ふいに手綱《たづな》を引いた。馬が急停止《ていし》し、その鼻先を矢が通りすぎる。

「あがれ!」

ダッカはするどく命じた。部下たちが指示《しじ》にしたがって、馬首を上方に向ける。

その間も矢が飛んでくる。普通《ふつう》の弓であれば、近づかなければさほど怖《こわ》くない。だが、それは威力《いりょく》の高い弩弓《どきゅう》の矢であった。

ダッカは振《ふ》り返って確認《かくにん》し、はっとした。

帝国軍《ていこくぐん》は弩弓《どきゅう》を人が押《お》す車に載《の》せて運んでいるのだ。角度をつけた発射台《はっしゃだい》に載《の》せられた弩《ど》弓《きゅう》は、明らかに飛空騎士《きしたいさく》対策であった。

たとえ弩弓《どきゅう》を運んできたとしても、正面の敵《てき》に対して撃《う》てば、前方の味方に当たる危険《きけん》がある。通常《つうじょう》は使いにくいが、盾象《たてぞう》は先頭を単独《たんどく》で走っているから、盾象《たてぞう》を上空から攻撃《こうげき》する飛空騎士《きし》をねらえば、味方には当たらない。飛空騎士《きし》から盾象《たてぞう》を守る手段《しゅだん》としては、移動《いどう》式の弩弓《どきゅう》が使えるのだ。

安全圏《けん》まで駆《か》けあがって、ヒューガが舌打《したう》ちした。

「やつら、相当に準備《じゅんび》してきたみたいですね」

「そのようだ」

騎士団長《きしだんちょう》は苦々しげにうなずいた。

「だが、このまま何もせずに帰るわけにはいかん。敵《てき》の本隊をねらう」

ダッカは南関《なんかん》を攻《せ》める帝国軍《ていこく》を五千ほどと見積もった。勝ち目は薄《うす》いが、今後のために少しでも敵兵《てきへい》を減《へ》らし、またフィリム軍の強さを見せつけておきたい。

ダッカの指示《しじ》にしたがって、飛空騎士《きし》たちは横列を組んだ。中央のダッカが先陣《せんじん》を切り、先のとがったくさび形の陣《じん》で空を駆《か》ける。

敵兵《てきへい》が足をとめて矢を射《い》かけてくるが、空に打ち上げる矢に威力《いりょく》はない。飛空騎士《きし》は涼《すず》しい顔で突《つ》き進み、敵《てき》本隊に矢の雨を降《ふ》らせた。敵《てき》は密集《みっしゅう》しているため、ねらいをつけずに射《い》下ろしても命中する。

たちまち、帝国《ていこく》軍は混乱《こんらん》におちいった。彼《かれ》らの多くも、飛空騎士《きし》と戦うのははじめてなのだから、無理もない。

敵軍《てきぐん》に指示《しじ》の声が飛んだ。兵士《へいし》たちが大きな盾《たて》をかかげて、身を守ろうとする。

これに対し、ダッカは降下《こうか》しての攻撃《こうげき》を命じた。飛空騎士《きし》たちが盾《たて》の上に舞《ま》い降《お》りて槍《やり》をふるう。短い戦いで、飛空騎士《きし》たちは多くの武勲《ぶくん》をあげた。ヒューガなど、十人はゆうに倒《たお》している。

だが、飛空騎士《きし》たちの奮戦《ふんせん》は、戦況《せんきょう》に影響《えいきょう》しなかった。

ダッカは南関《なんかん》から煙《けむり》があがっているのを確認《かくにん》した。落城《らくじょう》したのであろう。

少しでも注意を引きつけてエンデシム軍を助けたい、と思ったが、帝国《ていこく》軍は甘《あま》くはなかった。飛空騎士《きし》による損害《そんがい》は覚悟《かくご》のうえで、南関《なんかん》を攻《せ》めつづけたのである。

あっさりと落ちたかに見えるが、エンデシム軍はよく戦った。南北の関《せき》は、向かいあう相手国の侵入《しんにゅう》を防《ふせ》ぐために建てられたものであり、大地溝《だいちこう》側の守りをかためている。南関《なんかん》は南からの攻撃《こうげき》を想定していないのだ。さらに、盾象《たてぞう》で攻撃《こうげき》してくるなど、思ってもみなかった。

「ここまでだ。上昇《じょうしょう》せよ」

敵《てき》が態勢《たいせい》を立て直す前に、ダッカは引き上げを命じた。

飛空騎士《きし》たちは上空に逃《のが》れ、たちまち矢の届《とど》かない距離《きょり》まで達する。一人一人の名を呼《よ》んで確認《かくにん》すると、負傷《ふしょう》者が三人いたものの、ほとんどは無傷《むきず》であった。

「すぐに戻《もど》って、北関《ほくかん》を守る。道中、南関《なんかん》のエンデシム兵が逃《のが》れてきたら、援護《えんご》せよ」

右足の違和《いわ》感を隠《かく》しながら、ダッカは北へと馬を向けた。

5❖家族との別れ

フィリムは寒さの厳《きび》しい高原と山岳《さんがく》の国である。フィリムの民《たみ》は、毛皮牛《けがわうし》の牧畜《ぼくちく》によって生活を支《ささ》えてきた。

少数の集団《しゅうだん》に分かれて毛皮牛《けがわうし》を飼《か》い、冬は南の高原地帯、夏は北の山岳《さんがく》地帯を往《ゆ》き来《き》して暮《く》らしている。役人や職人《しょくにん》、商人などは王都で暮《く》らしているが、王都の人口は五千人ほどで、十万を超《こ》えるエンデシムの都とは、大きさも華《はな》やかさも比《くら》べものにならない。

毛皮牛《けがわうし》は普通《ふつう》の牛よりやや大きく、焦《こ》げ茶色の毛でおおわれている。やや黄色がかった乳《ちち》は栄養豊富《ほうふ》であり、そのまま飲まれるだけでなく、チーズやバター、ヨーグルトなど、様々に加工される。牡牛《おうし》の毛皮、皮革《ひかく》、肉も利用されており、フィリム人の生活は毛皮牛《けがわうし》なしでは成り立たない。

馬で毛皮牛《けがわうし》を追うため、フィリムの民《たみ》は昔から馬と親しんでいた。いざ戦《いくさ》となれば、フィリムの民《たみ》は男女を問わず馬に乗って戦う。ゆえに、人口が少ないわりに、フィリム軍は強い。

帝国《ていこく》の侵攻《しんこう》が伝えられると、フィリム王フラーヴァンはただちに呼《よ》びかけをおこなった。

「戦《いくさ》の準備《じゅんび》をせよ」

まもなく、地方の村々から、騎兵《きへい》たちがやってくるだろう。

フィリム王は別名を「藍玉《キーラ》の守護者《しゅごしゃ》」という。藍玉《キーラ》は、魔法《まほう》動物の魔力《まりょく》を高める宝玉《ほうぎょく》だ。これをつけていれば飛空馬《ひくうば》は高く長く飛ぶことができ、他の魔法《まほう》動物も魔法《まほう》の威力《いりょく》があがる。ネイ・キール大陸では、フィリムの山岳《さんがく》地帯にある鉱脈《こうみゃく》でしか採《と》れない貴重《きちょう》なもので、フィリムの富のみなもとでもある。

　フィリムの王族はもともと、藍玉《キーラ》の鉱脈《こうみゃく》を支配《しはい》し、管理する一族だった。鉱脈《こうみゃく》の位置を知る者は数少なく、入口《いりぐち》は何重もの扉《とびら》でかたく閉《と》じられている。フィリムが建国されたとき、「藍玉《キーラ》の守護者《しゅごしゃ》」が王となったのは、神秘性《しんぴせい》と財産《ざいさん》を持ち、また多くの集団《しゅうだん》の仲介役《ちゅうかい》をはたしてきたからだった。

　現在《げんざい》でも、王の役割《やくわり》は政治《せいじ》や外交で、軍事は飛空騎士団長《きしだんちょう》が担当《たんとう》する。戦《いくさ》をすると決めるのは王で、指揮《しき》をとるのは騎士団長《きしだんちょう》だ。

　フラーヴァン王は五十歳《さい》の女性《じょせい》で、ふくよかな体つきといつも眠《ねむ》そうな目が印象《いんしょう》的だ。十年前に父の跡《あと》を継《つ》いで即位《そくい》した。七年前に、かわいがっていた甥《おい》がエンデシムの反乱鎮圧《はんらんちんあつ》におもむいて戦死して以来、エンデシム嫌《ぎら》いで知られている。

　もっとも、個人《こじん》的な感情《かんじょう》を政治《せいじ》に優先《ゆうせん》させることはなく、南関《なんかん》へ救援《きゅうえん》を送るのにも反対はしていない。

　戦《いくさ》の準備《じゅんび》を呼《よ》びかけたフィリム王は、少数の供《とも》を連れただけで北に旅立った。藍玉《キーラ》の鉱脈《こうみゃく》を封印《ふういん》し、そこに至《いた》る道を破壊《はかい》しに行くのだ。これは、戦《いくさ》になった際《さい》、フィリム王が真っ先にやるべき仕事であった。

南関《なんかん》が落ちた日の昼過《ひるす》ぎ、見習い騎士《きし》たちは旅立ちのときを迎《むか》えていた。

フィリムの王都ラクサは嵐《あらし》にあったがごとく、さわがしかった。帝国《ていこく》軍が攻《せ》めてきたという情報《じょうほう》がすでに広まっており、帝国《ていこく》に対する怒《いか》りの声があちこちであがっている。

レインは母と弟に見守られて、愛馬にまたがった。

「いいなあ、姉貴《あねき》は。おれも行きたかった。年少組だって、つとまる任務《にんむ》だと思うけどなあ」

生意気な弟に、レインは微笑《びしょう》を返す。三つ下の弟はまだ小柄《こがら》だが、文武《ぶんぶ》ともに成績優秀《せいせきゆうしゅう》で、両親だけでなく、周囲《しゅうい》の期待を一身に集めている。

「あなたはしっかり訓練をつづけなさい。そして、団長《だんちょう》のいない間、お母様をしっかり守るの。それがあなたの任務《にんむ》」

母が眉《まゆ》をひそめた。息子《むすこ》をかばうように前に出る。

「帝国《ていこく》はここまで攻《せ》めてくるの？　もしかして、この子が戦《いくさ》に出ることもある？」

私《わたし》のことは心配してくれないのか。

レインはため息を抑《おさ》えて答えた。

「それは団長《だんちょう》に聞いて。見習いは出さないと思うけど、私《わたし》が言えることじゃない」

「そうよね。でも、お父様は何も教えてくれないから」

「当たり前だろ」

弟が胸《むね》を張《は》って言った。

「戦《いくさ》のことは、家で話しちゃいけない。国の大事なんだぞ」

「そうね。じゃあ、レイン、なるべく早く帰ってきてね」

レインは、ええ、とうなずいた。

ダッカが呪《のろ》いを受けたことを、二人は知らない。エンデシムにリディンをさがしに行くのが任務《にんむ》だと思っている。そのことに優越《ゆうえつ》感をおぼえたレインは、そんな自分が恥《は》ずかしくなってうつむいた。

「行ってきます」

小さく言って、レインは愛馬の頭をなでた。馬がゆっくりと歩きだす。

出発の時刻《じこく》を告《つ》げる鐘《かね》が鳴ったとき、ファストラは大きな口を開けて、はちみつヨーグルトをほおばっていた。顔ほどもある椀《わん》には、まだヨーグルトが残っている。それを大きなさじですくい、口に持っていく。

ともに食卓《しょくたく》を囲《かこ》むのは、血のつながっていない祖父母《そふぼ》である。次兄《じけい》はダッカの副官として出陣《しゅつじん》しており、長兄《ちょうけい》は別の任務《にんむ》についていて、家にはしばらく帰ってこない。

祖父母《そふぼ》は二人とも、ファストラの食べっぷりをにこにこしながら見守っている。

「どんな任務《にんむ》かよくわからないけど、ファスならきっとこなせるよ。がんばってね」

祖母《そぼ》の言葉にうなずいて、ファストラはヨーグルトに集中する。

祖父母《そふぼ》が自分を大切にしてくれているのはわかっている。深く感謝《かんしゃ》している。立派《りっぱ》な飛空騎士《きし》になって、恩返《おんがえ》ししたいと思う。一方で、早くこの家を出て、一人で生活したいとも思っている。そして、大陸全土に、自分の名をとどろかせたい。そうなったら、あの人にも届《とど》くだろう。

祖父《そふ》がぐびりと音を立てて牛乳《ぎゅうにゅう》を飲んだ。

「こっちの心配はいらん。おまえが帰ってくる頃《ころ》には、戦《いくさ》は終わっているだろう。おれが軍に復帰《ふっき》して、帝国《ていこく》のやつらをぶっ倒《たお》してやるから」

ファストラは目をあげて、祖父《そふ》の顔をまじまじと見つめた。

「復帰《ふっき》？　冗談《じょうだん》だろ。もう八十歳《さい》じゃなかったっけ？」

祖父《そふ》は口ひげについた牛乳《ぎゅうにゅう》をこぶしでぬぐった。

「七十九だ。かんちがいするな。年寄《としよ》りだから行くのだぞ。帝国軍《ていこくぐん》につかまったら、みんな奴隷《どれい》にされてしまう。若《わか》い者をそんな目にあわせるわけにはいかんのだ」

祖父《そふ》は何度も帝国軍《ていこくぐん》と戦っている。帝国軍《ていこくぐん》に殺《ころ》された友人を数えると、両手の指では足りない。しかも、すべての戦いで帝国側《ていこくがわ》が侵略《しんりゃく》してきているのだから、うらみがつのるのは当然である。しかし、だからといって七十九歳《さい》が戦う必要があるだろうか。

ファストラはさじを持つ手をとめていた。

「いやいや、じいさんの出る幕《まく》じゃないって。兄さんたちは何て言ってるんだ？」

「あいつらには言わん。反対するに決まってる」

「それが当然なんだって！」

思わず声が大きくなった。祖父《そふ》は平然としている。

「こういうときのために、毎日弓の練習をつづけてきたのだ。まだおまえより腕《うで》は上だ」

それはおそらく事実だ。ファストラは反論《はんろん》をやめて、残りのヨーグルトを胃《い》に流しこんだ。

軍もまさか八十近い老人を戦わせはしないだろうが、祖父《そふ》は勝手に出陣《しゅつじん》しかねない。老い先短いのだから、好きにすればいいのだが、目の前で死なれるのも気分がよくない。引きとめるためにも、早く任務《にんむ》を終えて帰ってこなければ。

ファストラは勢《いきお》いよく立ちあがった。椀《わん》をさげて、用意していた背負《せお》い袋《ぶくろ》を手にとる。

「じゃ、行ってくる」

「食い物はたくさん持ったか？　悩《なや》んだときは肉を食え。困《こま》ったときは牛乳《ぎゅうにゅう》を飲め。飲み食いすれば力がわいてくるぞ」

「たくさん入ってるよ」

ファストラは干《ほ》し肉やチーズのつまった背負《せお》い袋《ぶくろ》をかかげて見せた。

祖父《そふ》がぽんと手をたたいた。

「食い物といえば、リディンは干《ほ》した果物《くだもの》を好んでいた。どこかで買って行くといい。きっと機嫌《きげん》がよくなるぞ」

フィリムは寒さの厳《きび》しい土地なので、あまり果物《くだもの》はとれない。夏から秋にかけてベリー類がとれるくらいだ。リディンはエンデシムから入ってくる干《ほ》しぶどうや干《ほ》しいちじくなどをよく食べていたという。

「出る直前に言うなよ」

あきれつつも、ファストラは笑顔《えがお》を残して家を出た。考えてみれば、祖父《そふ》はリディンとともに戦っていたのだ。ファストラにとってのリディンは伝説上の人物だから、少し不思議な気がした。

シューデリンは一人娘《むすめ》である。年のはなれた兄がいたのだが、八年前に戦死した。盟約《めいやく》にしたがってエンデシムの反乱鎮圧《はんらんちんあつ》におもむき、帰ってこなかった。

飛空騎士《きし》にはなりたくない。シューデリンがはっきりそう思ったのは、兄が死んだときだ。両親は目を真《ま》っ赤《か》にしていたし、自分も涙《なみだ》がとまらなかった。でも、周りの人たちはみんな、兄を褒《ほ》めたたえた。

「お兄さんは立派《りっぱ》に戦った。フィリムの誇《ほこ》りだよ」

「さすが飛空騎士《きし》だ。いい息子《むすこ》さんをもったね」

お父さんもお母さんも泣いているのに、どうして褒《ほ》められるのだろう。褒《ほ》められなくてもいい。生きて帰ってきてほしかった。

「お兄さんの仇《かたき》は、きっとシューデリンが討《う》ってくれるよ」

そうも言われた。

母が飛空騎士《きし》だったから、シューデリンも飛空騎士《きし》になるしかない。いくら嫌《いや》でも、その道しかないのだ。だから、仕方なく訓練に参加している。先輩《せんぱい》や教官は、才能《さいのう》があると言ってくれるが、シューデリンはうれしくない。傷《きず》つけるのも、傷《きず》つけられるのも嫌《いや》だった。

母が助言してくれた。

「訓練は身を守るためでもあるから、一応《いちおう》こなして、最低限《さいていげん》の技術《ぎじゅつ》は身につけなさい。あとは、きっかけを見つけてさっさと引退《いんたい》することね」

そんなことが許《ゆる》されるのか、シューデリンには疑問《ぎもん》だった。母自身は二十代で引退《いんたい》しているが、それは大怪我《けが》を負って戦えなくなったからだという。

戦《いくさ》がなければ、早めの引退《いんたい》も許《ゆる》されるかもしれない。でも、戦《いくさ》がはじまってしまった。自分も任務《にんむ》を与《あた》えられた。

不安を抱《かか》えて旅立とうとするシューデリンに、父が小さな箱を渡《わた》してくれた。

「はい、お守り」

箱を開けたシューデリンの目が輝《かがや》く。

「きれい……」

しずくの形をした緑色の石だった。光を当てる角度によって、縞《しま》だったり円形だったり、様々な模様《もよう》が浮《う》かびあがる。

「藍玉《キーラ》は使えないから、翡翠《ひすい》でつくったんだ」

父は藍玉《キーラ》の細工師《さいくし》である。王から依頼《いらい》されて、藍玉《キーラ》を首飾《くびかざ》りや腕《うで》輪、足輪などに加工する職人《しょくにん》だ。どの飛空馬《ひくうば》も藍玉《キーラ》の首飾《くびかざ》りをつけており、飛ぶ力を増《ま》しているが、その藍玉《キーラ》は王から貸《か》し与《あた》えられたもので、勝手に売買はできない。

かつて、エンデシムがフィリムを攻《せ》めたとき、その目的は藍玉《キーラ》だったという。ギルス帝国《ていこく》もまた、藍玉《キーラ》の鉱脈《こうみゃく》をねらっているのだろう。

父はやさしく言う。

「無事に帰ってくるんだよ」

母は笑って言う。

「あんたは自分の任務《にんむ》だけ考えていればいいよ。あとのことはおとなに任《まか》せてね。ダッカはああ見えて、そこそこ有能《ゆうのう》だから」

「そこそこって、もう少し言い方があるでしょ」

父が困《こま》った顔でたしなめる。

シューデリンはよく口が悪いと言われるが、それはおそらく母譲《ははゆず》りだ。

母は頭をかいて、話を変えた。

「リディンとエジカに会ったらよろしくね」

シューデリンははっとした。言われるまで気づかなかったが、母はリディンやエジカと同世代なのだ。

「仲がよかったの?」

シューデリンはおそるおそるたずねた。

フィリムでは、リディンの名は伝説とともに語られるが、リディンが実際《じっさい》にどういう人物であったか、については話題にのぼらない。英雄《えいゆう》でありながら国を捨《す》てた人物だから、誰《だれ》も触《ふ》れたがらないのだ。亡命《ぼうめい》した当時、非難《ひなん》の声はリディンよりもエジカに集まった。エジカがリディンをたぶらかして国を捨《す》てさせたというのだ。今もそれは変わらず、エジカは極悪《ごくあく》人《にん》とみなされている。

シューデリンは、母の口から二人の名を聞いたのははじめてのように思う。これまで避《さ》けていたのだろうか。

「よかったよ」

母はこともなげに答えた。

「だけど、くわしくは帰ってからだ。あれからずいぶん経《た》ったからね。二人がどうしているのか、それがわかったら、いろいろ話すよ」

「ええー」

シューデリンはほおをふくらませたが、母は譲《ゆず》る気がなさそうだった。

「あんたはとにかく生きて帰りなさい。危《あぶ》なくなったら、空に逃《に》げるんだ」

それは飛空騎士《きし》の特権《とっけん》である。

リディンとエジカ、それにシューデリンやファストラの父母の世代は、何年もつづいた戦《せん》乱《らん》を勝利に導《みちび》いた飛空騎士《きし》である。彼《かれ》らは何を考えて戦っていたのだろう。それがわかれば、自分も飛空騎士《きし》として戦う覚悟《かくご》ができるだろうか。

「じゃあ、行ってくる」

シューデリンは、翡翠《ひすい》のお守りをにぎりしめて、待ち合わせ場所に向かった。

6 ❖ 野営《やえい》

見習い騎士《きし》たちはまず大地溝《だいちこう》をめざして飛んでいる。明るい茶色の髪《かみ》のファストラが先頭、黒髪《くろかみ》のレインがつづいて、最後尾《さいこうび》は栗色《くりいろ》の髪《かみ》のシューデリンだ。

昼過《ひるす》ぎに出発してそれほど経《た》っておらず、まだ陽《ひ》は充分《じゅうぶん》に高い。辺りに気を配っていたレインが、前を行く少年に声をかけた。

「ファス、降《お》りよう。馬が疲《つか》れてる」

ファストラが眉《まゆ》をひそめて振《ふ》り返る。

「ひよわだな。おれの馬はまだ元気だぞ」

「いや、ファスの馬だよ。明らかに降《お》りたがってる」

「何でわかる……」

言いかけて、ファストラは不本意《ふほんい》そうに口を閉《と》じた。

レインは動物の気持ちがわかる。こちらの意思をぼんやりと伝えることもできる。訓練して能力《のうりょく》を伸《の》ばせば、魔法《まほう》動物の使い手にもなれるかもしれない。犬や馬、象《ぞう》のように賢《かしこ》くて人に慣《な》れる動物なら、あつかうのは難《むずか》しくないが、栗鼠《りす》や鶏《にわとり》だと、使いこなすのに素質《そしつ》と訓練が必要になる。レインはその数少ない素質《そしつ》の持ち主なのだ。

もっとも、レインは飛空騎士《きし》の訓練だけで手いっぱいだから、せっかくの能力《のうりょく》も宝《たから》の持ち腐《ぐさ》れだった。飛空馬《ひくうば》の気持ちがわかるのはありがたいが、経験《けいけん》を積んだ飛空騎士《きし》なら、愛馬とは気持ちが通じ合うものだ。

父のダッカは娘《むすめ》の能力《のうりょく》を打ち明けられても喜《よろこ》ばなかった。

「飛空騎士《きし》には必要ない。あまり人に教えないようにしろ」

どちらも厳《きび》しい訓練が必要だから、ひとつにしぼらなければ、中途半端《ちゅうとはんぱ》になってしまう。レインは飛空騎士《きし》になるのだから、よそ見せずに飛空騎士《きし》の修業《しゅぎょう》に集中するべきだ。

理由はわかるが、不満はあった。ただ、それを口にしたら、頑固《がんこ》な父を怒《おこ》らせるだけである。いつか一人前の飛空騎士《きし》になったら、この能力《のうりょく》を伸《の》ばしてみたい。レインはそう思っている。

父の言いつけを守っていたレインだが、いつもいっしょに訓練している二人には、じきに話すはめになった。レインがやたらと馬の気持ちについてうるさいので、ファストラが文句《もんく》を言い、喧嘩《けんか》になった結果だった。

レインとファストラは軍学校で八歳《さい》から机《つくえ》を並《なら》べて学んでおり、十二歳《さい》で飛空騎士《きし》の訓練をはじめてから、毎日をともに過《す》ごしている。三日に一度は言い合いをするのだが、だいたい同じ内容《ないよう》なので、シューデリンなどはすっかり飽《あ》きて、またはじまった、と無視《むし》している。

レインはまじめで、自分にも他人にも厳《きび》しい。ファストラはおおざっぱな性格《せいかく》で、得意《とくい》な実技《じつぎ》などは熱心にやるが、それ以外はいいかげんである。とくに掃除《そうじ》やあと片《かた》づけは苦手だ。だから、レインがいつも口うるさく注意している。

注意されたファストラは、言い返したりふてくされたりすることが多かったのだが、最近はすなおにしたがう場合も多い。おとなに近づいているのかもしれない。

このときも、ファストラはすぐに地上の様子を確認《かくにん》した。

「下に危険《きけん》はなさそうだな。ファング、降《お》りるぞ」

馬の首を軽く下げて、降下《こうか》をはじめる。

ファングが少し喜《よろこ》んだのが、レインにはわかった。つづいて自分も降《お》りようとすると、愛馬レースは不満げだった。「まだ飛べる」と言いたいのだ。これくらいのやりとりは、正規《せいき》の飛空騎士《きし》ならできるだろう。この旅の間に、レースともっと意思を通じ合わせられるようになりたい。レインはそう思った。

〈私《わたし》も〉

声が聞こえたような気がする。レインはレースのたてがみをそっとなでた。声に出して語りかける。

「まだ先は長いから、ここは降《お》りようね」

藍玉《キーラ》を身につけた飛空馬《ひくうば》は、半日以上飛びつづけられるが、体力の負担《ふたん》は大きくなる。大《だい》地溝《ちこう》の横断《おうだん》に備《そな》えて、なるべく地上を行ったほうがいい。

レースはすっと高度を下げた。先に降《お》りた二人が待っている。

王都ラクサから北関《ほくかん》までは整備《せいび》された街道《かいどう》が延《の》びており、馬を走らせれば当日中にたどり着ける。旅人は途中《とちゅう》の宿場町で一泊《ぱく》するのが一般《いっぱん》的だ。しかし、帝国《ていこく》軍が南関《なんかん》を攻《せ》めているという急報《きゅうほう》が入ったため、見習い騎士《きし》たちは、南北の関《せき》からはなれた場所で大地溝《だいちこう》を渡《わた》る予定にしていた。

「人のいない街道《かいどう》って不思議だね」

シューデリンがつぶやいた。

普段《ふだん》はにぎわっている街道《かいどう》も、この日はほとんど無人だった。がらんとして、もの寂《さび》しい雰囲気《ふんいき》だ。

「そのうち軍勢《ぐんぜい》でいっぱいになるぞ」

「やめてよ。縁起《えんぎ》でもない」

ファストラとレインが言い合いながら街道《かいどう》をそれた。シューデリンもつづく。

王都ラクサの周辺は、フィリムでもっとも過《す》ごしやすい土地だ。冬は小川が凍《こお》るほどの寒さだが、春には草花がいっせいに芽吹《めぶ》き、高原に緑の絨毯《じゅうたん》がしかれる。夏から秋は陽《ひ》差しがきついが、気温は汗《あせ》をかくほどではない。ただ、毛皮牛《けがわうし》には暑すぎるので、フィリムの民《たみ》は夏には山岳《さんがく》地帯に移動《いどう》する。

高原に木々は少なく、地平線が見渡《みわた》せるほど広いが、大小の起伏《きふく》はある。丘《おか》の陰《かげ》になっている部分は土がむきだしの茶色で、短い草の緑との対比《たいひ》が目にやさしい。

見習い騎士《きし》たちは、南西に向かって馬を進めた。その日は野宿となる。

「そろそろ飯の時間か。あのウサギは食べられるよな」

ファストラが目を光らせた。飛空騎士《きし》の野外訓練では、小動物を狩《か》って食べることもある。視線《しせん》の先のアカミミウサギは、美味だと評判《ひょうばん》だ。

「保存食《ほぞんしょく》を節約したいから、狩《か》ってみようか」

レインが同意したので、ファストラは小さく口笛を吹《ふ》いた。

「よし、やってやる」

ファストラはさっそく弓をとった。馬上からアカミミウサギにねらいをつけて射《い》るが、ウサギはすばしっこくて、なかなか当たらない。外れると、ウサギは穴《あな》にもぐって隠《かく》れてしまう。次のウサギをさがして走り、見つけては矢を外す。時間ばかりが過《す》ぎていく。

ファストラは音《ね》をあげて、シューデリンに助けを求めた。

「手伝ってくれ、頼《たの》む」

シューデリンは気の進まない様子で、背中《せなか》の弓を手にした。

「仕方ないなあ」

シューデリンは馬上でねらいをつけていた。アカミミウサギが耳をぴんと立てて警戒《けいかい》している。その先っぽが赤いのが名前の由来だ。

シューデリンが矢を放つ。

ウサギは跳《と》んで逃《に》げようとしたが、一瞬遅《いっしゅんおそ》かった。矢が後脚《うしろあし》に命中して、動けなくなる。

レインが駆《か》けよって、とどめをさした。

ファストラが手をたたく。

「やっぱりシューは弓がうまいな」

シューデリンは弓をしまってうつむいた。

「とまってれば、当たるのが普通《ふつう》だから」

「あとは任《まか》せて」

レインが短刀を取り出し、手際《てぎわ》よくウサギを解体《かいたい》する。

「ファス、水をくんできてくれる？」

「了解《りょうかい》」

レインの指示《しじ》で、ファストラは飛びあがった。

「よし、小川発見！」

ファストラは大声で宣言《せんげん》して、小川に向かった。流れは細いが、水は澄《す》んでいる。そこで水をくんで戻《もど》ると、シューデリンが火をおこしていた。

辺りに生えている丈《たけ》の低い木を薪《たきぎ》にして組みあげ、枯《か》れ草を中に入れる。火打ち石を打って火花を飛ばし、火口《ほくち》の炭布《すみぬの》に落とす。小さな赤い火がついた。これを焚《た》き付けの枯《か》れ草《くさ》に移《うつ》して、そっと息を吹《ふ》きかける。

ちりちりと音がして、火が領土《りょうど》を拡《ひろ》げていく。やがて薪《たきぎ》が燃《も》えだして、ぱちぱちという音に変わった。炎《ほのお》のまわりに、レインがウサギの肉をさした枝《えだ》を立てていく。

ほどなくして、香ばしいにおいがただよいはじめた。

肉のあぶらがしたたっている。味つけの塩のつぶが光っている。表面が黒くなってきた。

レインは慎重《しんちょう》に枝《えだ》を突《つ》きさして、肉の焼きかげんをたしかめた。

「よし、いいでしょ」

シューデリンが最初に肉を手にした。ファストラが後《おく》れをとったのは、どの肉をとるか、判断《はんだん》に迷《まよ》ったからである。

三人はしばらく無言で、肉を味わった。ファストラは骨《ほね》までしゃぶりつくして、満足の息をついた。ふと、レインを見やる。

「そういや、レインはウサギの気持ちはわかるのか？」

レインは形のよい眉《まゆ》をひそめた。

「うーん、わかろうとすればわかるかもしれないけど、そういうことは考えないようにしているかな」

レインは小さい頃《ころ》に一度、動物の肉が食べられなくなったことがある。動物の気持ちがわかるようになって、罪悪感《ざいあく》をおぼえたのだ。

もっとも、これはフィリムの子どもなら半分くらいは体験する通過儀礼《つうかぎれい》のようなものだ。家畜《かちく》とともに暮《く》らすフィリム人は、動物の命に対して敬意《けいい》を払《はら》うと同時に、必要があれば殺《ころ》すことをためらわない。大切にしていた毛皮牛《けがわうし》も、乳《ちち》の出が悪くなれば殺して食べる。肉だけでなく、毛や皮、骨《ほね》も利用する。それが生きるということなのだ。そのかわり、楽しみのための殺生《せっしょう》はしない。動物を殺《ころ》すのは生きるため、あるいは家畜《かちく》や畑を守るためだ。

レインが肉を食べられなかったのは数日のことで、自然と食べられるようになった。動物と話せる、というほど能力《のうりょく》が発達していなかったのがよかったのかもしれない。

「まあ、そうだよな。考えすぎるのはよくない」

ファストラがうなずくと、シューデリンがすかさず突《つ》っこんだ。

「ファスはもう少し考えたほうがいいよね」

「何を？」

「そんな質問《しつもん》をするべきかどうか、とかね」

ファストラは一瞬《いっしゅん》黙《だま》って、すぐに話題を変えた。

「そういえば、リディンは生きてるのかな」

あまりに強引《ごういん》で不器用な話の変え方である。シューデリンが苦笑《くしょう》しながら応《おう》じた。

「生きてればいいけど、亡命《ぼうめい》してからの情報《じょうほう》が何もないからね」

シューデリンは悲観的だった。レインの父の命がかかっていると思うと、めったなことは口にできないが、三人の任務《にんむ》が失敗しても、エンデシムに頼《たよ》るという手段《しゅだん》がある。そう考えると気は楽だ。

「おれは何となく生きてるような気がする」

ファストラが二本目の肉を手にしながら言う。

「もっとも、生きてれば団長《だんちょう》のことは助けてくれるだろうけど、戦《いくさ》には協力してくれないかも」

シューデリンがうなずく。

リディンとエジカは、エンデシムの南部に広がる森に消えた。亡命《ぼうめい》したといっても、エンデシム国民になったわけではなく、人が立ち入ることのできない森の奥《おく》の高地「巨人《きょじん》の椅《い》子《す》」で暮《く》らしているというううわさである。実際《じっさい》に、エンデシムには森で飛空騎士《きし》を見たという者がいるらしい……。

「私《わたし》は協力してくれると思うけどな」

レインの発言には理由があった。

リディンは王都ラクサをはなれるとき、部下だったダッカに言い残したという。フィリムが危機《きき》におちいったら戻《もど》ってくる、と。何も事情《じじょう》を知らなかったダッカは、リディンがしばらく故郷《こきょう》に帰るものと思ったらしい。しかし、それから二十年以上、フィリムの民《たみ》はリディンを見ていない。

「でも、結局のところ、行ってみないとわからない。情報《じょうほう》が足りないのを想像《そうぞう》でおぎなってはならないって、教わったでしょ」

「それもそうだな。うだうだ考えるよりも行動だ。明日に備《そな》えて寝《ね》よう」

ファストラは荷物を枕《まくら》にして横になった。

「ファスは見張《みは》り二番目ね」

レインが通告《つうこく》する。

満天の星のもと、三人は交代で眠《ねむ》りについた。

7 ❖ 大地溝《だいちこう》

翌朝《よくあさ》、見習い騎士《きし》たちは日の出とともに起きだし、顔を洗《あら》って出発した。朝昼兼用《あさひるけんよう》の食事となるライ麦パンや干《ほ》し肉を馬上でほおばりながら進む。

フィリムでは、昼前に一度、夜に一度の一日二食が一般《いっぱん》的だ。ただ、厳《きび》しい訓練や戦《いくさ》にのぞむ兵士《へいし》、旅人などは三度食べることもある。馬に乗りながら、歩きながらの食事はごく普《ふ》通《つう》で、行儀《ぎょうぎ》が悪いとはみなされない。一方、エンデシムでは、朝昼晩《あさひるばん》と卓《たく》について三食とることが多い。

伝統《でんとう》的なフィリムの食生活は乳製品《にゅうせいひん》が中心で、たまに肉がくわわる。パンを食べるようになったのは、ここ数十年のことだ。

寒さに強いライ麦のパンは、黒っぽくてやや酸《す》っぱいが、レインもシューデリンも好きだった。ファストラはたいてい肉とパンをいっしょに食べるので、パンの味は気にしない。

見習い騎士《きし》たちはしばらく歩いてから、飛空馬《ひくうば》を空にみちびいた。大地溝《だいちこう》が前方に見える。巨人《きょじん》が大地に文字を書いたような、あるいは巨竜《きょりゅう》が爪《つめ》あとを刻《きざ》んだような奇妙《きみょう》な地形である。

大地溝《だいちこう》が近づくにつれ、草木の緑が減《へ》って、茶色い土や灰色《はいいろ》の岩が視界《しかい》をおおうようになった。この辺りにはもう人は住んでいない。アカミミウサギやオマガリネズミなどの小動物が我《わ》がもの顔で丘《おか》を走りまわっており、高い空には肉食の鳥がゆったりと舞《ま》っている。

二日ほど大地溝《だいちこう》に沿《そ》って旅をしたあと、見習い騎士《きし》たちは大地溝《だいちこう》の横断《おうだん》にかかった。よく晴れた日で、空には雲のかけらもない。空の旅には絶好《ぜっこう》の日和《ひより》だ。

大地溝《だいちこう》の横断《おうだん》は、騎士《きし》になるための試験のひとつになっている。ただ、そのとき渡《わた》るのはもっと東側、北関《ほくかん》に近いほうで、大地溝《だいちこう》のはばもややせまい。つまり、彼《かれ》らは試験よりも難《むずか》しい課題に挑《いど》むのである。

「これをこなせば、もう一人前だな」

ファストラが緊張《きんちょう》をごまかすように笑った。

レインもシューデリンも、ファストラの軽口に反応《はんのう》しなかった。真剣《しんけん》な表情《ひょうじょう》で、大地溝《だいちこう》と南の空を見つめる。

「レース、行こう」

レインが最初に飛んだ。朝日を受けた横顔がりりしくて、ファストラは思わず見とれてしまった。

シューデリンがつづいた。まずは大地を蹴《け》って駆《か》け、勢《いきお》いのまま空に飛び出す。

ファストラは我《われ》に返った。

「負けてられるか。ファング、頼《たの》むぞ」

仕方ないな、という雰囲気《ふんいき》で、愛馬が飛びあがった。速度をあげて、前の二人に追いつく。

三人の眼下《がんか》には、切り立った崖《がけ》があった。土と岩が急斜面《しゃめん》をかたちづくり、わずかな木々の緑がところどころに浮《う》いている。幾筋《いくすじ》かの小川が滝《たき》となって崖《がけ》を下り、空中で消えていく。水量が少ないので、途中《とちゅう》ですべて蒸発《じょうはつ》してしまうのだ。

大地溝《だいちこう》の底は不毛の大地だ。太陽が照らしている部分だけ、切りとられたように明るいが、空から見るかぎりでは、動くものの姿《すがた》はない。

「すごい景色《けしき》ね」

「うん、想像《そうぞう》より大きい」

レインとシューデリンが声をふるわせる。見たこともない光景を前にして、感動するとともに、恐怖《きょうふ》も感じていた。

さらに西へ行けば、黄色や緑の土が広がり、地面から熱い煙《けむり》が出ているという。その煙《けむり》を吸《す》うと、たちどころに死んでしまうと教えられていた。

ファストラは目をこらして確認《かくにん》した。

「この辺は煙《けむり》は出てないな」

「降《お》りてたしかめてきたら？」

シューデリンが言うと、ファストラは一瞬《いっしゅん》、考えてから、首を横に振《ふ》った。

「降《お》りてみたいけど、今はやめとく。ファングが怒《おこ》りそうなんだ」

ファストラは愛馬のたてがみをなでると、前進をうながした。

さえぎるもののない空を、飛空馬《ひくうば》は気持ちよさそうに駆《か》ける。大地溝《だいちこう》の上空には鳥の姿《すがた》もめったに見られない。最初は緊張《きんちょう》と恐怖《きょうふ》で体がこわばっていた見習い騎士《きし》たちも、徐々《じょじょ》にのびのびとしてきた。

体勢《たいせい》を低くし、馬と一体化して、青い空を疾駆《しっく》する。えもいわれぬ爽快感《そうかいかん》に全身がつつまれる。体重がなくなって、まるで自分が風になったようだ。どこまでも飛んでいける。

眼下《がんか》の風景が流れていく。冷涼《れいりょう》な空気と、飛空馬《ひくうば》の体温が心地《ここち》よい。

「飛ぶのは楽しいんだよね」

飛空騎士《きし》だけが体験できる感覚に身をゆだねて、シューデリンはつぶやいた。高原を駆《か》けるのも気持ちがいいが、空を駆《か》けるのはその何倍も心がおどる。

飛空騎士《きし》の仕事が戦いでなければいいのに、と思う。平和な世界で手紙や荷物を運ぶのが仕事だったら、喜《よろこ》んでやるのに。

シュートの胸《むね》に親指大の藍玉《キーラ》がかけられていて淡《あわ》い光を放っている。その深い青は、フィリムの象徴《しょうちょう》である。シューデリンにとっては、小さな頃《ころ》からなじみのある輝《かがや》きだ。

ひたすら南に向かって飛びつづけると、エンデシムの地が見えてきた。前方の崖《がけ》はなだらかで、地上を駆《か》けることもできそうだが、そのまま飛びこえてしまう。

一行は目立たないよう、丘《おか》の陰《かげ》に降《お》りてから、街道《かいどう》に馬を進めた。

「ここがエンデシムか」

ファストラは大きく息を吸《す》いこんだ。空気が少し湿《しめ》っているような気がした。大地溝《だいちこう》をはさんだ両国の気候はまったく違《ちが》う。

ファストラの実の母は、エンデシム出身だった。その顔を、ファストラはおぼえていない。ファストラが三歳《さい》の頃《ころ》、父が死んだため、母は一人で祖国《そこく》に帰ったという。養父母は実の子と同じように愛してくれたから、ファストラは寂《さび》しくなかったが、心のすみにわだかまりが残っていた。

「おれは母に捨《す》てられた」

その思いを忘《わす》れることができなかったのだ。

しかし、ファストラが十二歳《さい》になって、飛空騎士《きし》への道を歩みはじめたとき、長兄《ちょうけい》からこっそり教えられた。母はファストラを連れて逃《に》げようとしたのだと。フィリムにいれば、ファストラは飛空騎士《きし》になる。父と同じように、若《わか》いうちに戦死するだろう。だから、親子でエンデシムに逃《に》げようとした。しかし、あえなくつかまり、幼《おさな》いファストラは騎士団《きしだん》に取りあげられた。母はエンデシムに追放されたという。

「飛空騎士《きし》の子に生まれるのは、呪《のろ》いかもしれん」

長兄《ちょうけい》はそう言った。飛空騎士《きし》の子は、飛空騎士《きし》にならなければならない。そうしないと飛空騎士《きし》はいなくなり、フィリムを守れなくなる。

「それを受け入れ、覚悟《かくご》をもって、この道を進んでほしい」

母のことを教えてくれた長兄《ちょうけい》の意図は、今でもわからない。たずねてもはぐらかされるだけだった。ただ、それは彼《かれ》なりの正義《せいぎ》であったように思う。

ファストラには、疑《うたが》いも迷《まよ》いもなかった。養母や兄たちのような立派《りっぱ》な飛空騎士《きし》になる。

その気持ちはずっと変わらない。

それでも、はじめてエンデシムの土を踏《ふ》んだ今、ファストラはあらためて思った。

できることなら、母に会いたい、と。

2章

森にひそむ影《かげ》

1 ❖ エンデシムの魚料理

エンデシムの街道《かいどう》は、大きな石がとりのぞかれていて歩きやすい。道の左右には木が植えられており、青々とした葉が日陰《ひかげ》をつくっている。

平和であったら、多くの商人や農民が歩いていただろうが、今は東へ向かう兵士《へいし》たちと、西へ向かう避難民《ひなんみん》がおもな利用者である。もちろん兵士《へいし》が優先《ゆうせん》なので、避難民《ひなんみん》たちは軍列が通るたびにわきによける。

見習い騎士《きし》たちは早々に街道《かいどう》をはなれ、空の道を進んだ。そのほうが速いし、街道《かいどう》でじろじろ見られることもない。

任務《にんむ》をこなせるか不安はあったが、はじめて見る光景にはやはり心がおどる。レインとシューデリンは笑顔《えがお》で会話をかわしていた。

「風景が全然違《ちが》うね。広い畑に林に湖。上から見るとよくわかる」

「そう、緑が多い。ついでに人も多い。建物もきれいだなあ。近くで見てみたい」

「町が城壁《じょうへき》に囲《かこ》まれているのは、戦《いくさ》が多かったからかな。城壁《じょうへき》の外にも家があるけど、粗末《そまつ》なつくりね。きっとフィリムより貧富《ひんぷ》の差が大きい……」

「もう、レインはすぐに難《むずか》しいことを考えるんだから」

女子たちの声を背後《はいご》に聞きながら、ファストラは先頭を飛んでいた。手元の地図と地形を見くらべ、太陽の位置を確認《かくにん》して、方向を定めている。地図は正確《せいかく》に距離《きょり》をはかったものではなく、街道《かいどう》や川、町のおおまかな場所が記されている。めざすは南の方角、地図には「大きな森」「巨人《きょじん》の椅子《いす》」などと書かれているところだ。

エンデシムは、大河《たいが》モルグの周辺に広がる豊《ゆた》かな土地での農業が盛《さか》んだ。小麦を中心に、大根やかぶなどの野菜や豆類も作られている。南の森に近い場所では、果物《くだもの》もよくとれる。食料の生産力が高いため、人口はフィリムよりはるかに多く、都のチェイには十万を超《こ》える人が住んでいる。

大河《たいが》モルグはエンデシム南部の森林地帯から北東に向かって流れ、港町カルセイの近くで海に注ぐ。河口《かこう》付近では、対岸が見えないほどのはばになる。

見習い騎士《きし》たちの旅程《りょてい》では、大河《たいが》モルグを渡《わた》らなくてすむ。フィリムには大きな河《かわ》がなく、またフィリム人は海には近づかないため、多くの民《たみ》は船に乗ったり、泳いだりすることはない。見習い騎士《きし》たちも水にふれあう機会はほとんどなかった。水に慣《な》れていないので、大河《たいが》を渡《わた》らなくていいのはありがたい。

最初に入った街では、門で衛兵《えいへい》の男に呼《よ》びとめられた。

「おまえたち、フィリム人か？　何をしに来た？」

フィリム人とエンデシム人は、外見上の差はほとんどない。大陸の外の人間は、どちらがどちらかわからないだろうが、大陸の人間なら、何気ない仕草《しぐさ》や言葉の違《ちが》いで、互《たが》いに区別はつく。

先頭のファストラが身分を証明《しょうめい》する手形を差し出して、元気よくあいさつする。

「フィリムから来ました。飛空騎士団《きしだん》のファストラです。こちらは同じくレインとシューデリン」

フィリムとエンデシムの往《ゆ》き来《き》に制限《せいげん》はない。国の用で旅する者は手形を持っているが、戦時でなければ衛兵《えいへい》に求められることもなかっただろう。

「飛空騎士《きし》だって？　ずいぶん若《わか》いな」

中年の衛兵《えいへい》はファストラと馬を見くらべた。

同盟《どうめい》を結んでいる国どうしが仲がいいとはかぎらないが、フィリムとエンデシムの人々は、相手に対してそれほど関心がなかった。大地溝《だいちこう》ではばまれていて、商人以外に国境《こっきょう》を越《こ》える者が少ないためであろう。一般《いっぱん》に、エンデシム人はフィリム人を「田舎者《いなかもの》」と思っており、フィリム人はエンデシム人を「軟弱者《なんじゃくもの》」と思っている。

軍どうしはまた別だ。七年前、エンデシムで起きた反乱《はんらん》の鎮圧《ちんあつ》に、飛空騎士《きし》を中心とするフィリムからの援軍《えんぐん》が活躍《かつやく》した。そのため、エンデシム軍はフィリム軍を頼《たよ》りにしており、飛空騎士《きし》に対しては尊敬《そんけい》の念もある。

元気のいいあいさつのためか、衛兵《えいへい》に怪《あや》しむ様子はなかった。

「ちょっと飛んで見せてくれよ。あ、いや、そんなわけにいかないか」

「おれは飛びたいけど、後ろの二人がうるさいから、勘弁《かんべん》してください。騎士団《きしだん》の大事な用で来てるんです」

衛兵《えいへい》はエンデシム語、ファストラはフィリム語で話しているが、二つの言語は多少、語尾《ごび》が変わるくらいで、大きな違《ちが》いはないため、問題なく通じる。

「そうだよな。通っていいぞ。帝国《ていこく》を倒《たお》すため、お互《たが》いがんばろうぜ」

「はい、がんばりましょう」

ファストラは衛兵《えいへい》に敬礼《けいれい》をして、街に入った。後ろにつづく二人がくすくすと笑っている。

「ファスもあんな対応《たいおう》ができるんだ」

「絶対《ぜったい》レインの出番だと思ったのに」

ファストラは振《ふ》り返った。

「おれを何だと思ってるんだ。いずれは騎士団長《きしだんちょう》になる男だぞ。外交だってお手のものだ」

「へえ、初耳」

「敵《てき》を見たらすぐに突《つ》っこんでいく人が外交？」

二人は手厳《てきび》しい。

シューデリンはエンデシムの街並《まちな》みに興味津々《きょうみしんしん》だった。平屋がほとんどのフィリム王都ラクサと異《こと》なり、エンデシムの街は都でなくても、二階建て、三階建ての建物が並《なら》んでいる。木造《もくぞう》と石造《いしづく》りと両方あるが、店などは、扉《とびら》や柱に彫刻《ちょうこく》がされていたり、二階に露台《ろだい》があった

りと、手のこんだ造《つく》りが目につく。

美しい彫刻《ちょうこく》を見つけると、シューデリンはつい近寄《ちかよ》ってしまう。

レインとファストラは、果物《くだもの》を売る露店《ろてん》で足をとめていた。赤や黄色の美しい色をした新鮮《しんせん》な果物《くだもの》が並《なら》んでいる。フィリムでは見られない光景だ。値札《ねふだ》を見て、レインが歓声《かんせい》をあげる。

「こんなに安いんだ！」

フィリムでたまに売っているものに比《くら》べると、半値《はんね》以下である。

フィリムとエンデシムでは自国でつくった銀貨と銅貨《どうか》が流通している。どちらの国でも両国の通貨が使えるが、見習い騎士《きし》たちが渡《わた》されたのは、エンデシムの銀貨と銅貨《どうか》だった。もちろん、エンデシムではそのほうが使いやすい。

「リディンは果物《くだもの》が好きらしいから、みやげに買っていくか」

ファストラの提案《ていあん》に、レインは苦笑《くしょう》する。

「今買ったら、着くまでに悪くなるよ。エンデシムでは、安くたくさん手に入るみたいだから、わざわざ買っていくほどではないと思う」

「そういえばそうか。じゃあ、おれたちで食べる？」

「うーん、いくら安いといっても、最初からやたらと使うのはどうかな。宿代や食事代の相場をつかんで、全体の費用《ひよう》を計算してからにしよう」

レインは慎重《しんちょう》である。

一行の旅費《りょひ》はレインとシューデリンが分けて持っている。ファストラは、自分で持たないと宣言《せんげん》していた。お金の計算は苦手だから、という理由だ。

露店《ろてん》をはなれようとしたファストラはふと、はしっこに置かれたかごに目をとめた。

「あれ？」

黒くつややかな干《ほ》しぶどうが山盛《やまも》りになっている。フィリムではあまり好まれない食材だ。それを見た瞬間《しゅんかん》に、記憶《きおく》がよみがえってきた。幼《おさな》い頃《ころ》、母といっしょに食べたことがある。甘酸《あまず》っぱくて好きだった。

立ちつくしているファストラを振《ふ》り返って、レインは首をかしげた。

「どうしたの？」

「いや、これ、昔、母さんと食べたな、と思って」

レインはファストラの表情《ひょうじょう》を見て少し考え、微笑《びしょう》して言った。

「じゃあ、みんなで食べよう」

「え、いいの？　だって……」

「少しくらい使っても大丈夫《だいじょうぶ》だよ」

袋《ふくろ》に干《ほ》しぶどうをつめてもらっていると、シューデリンが追いついてきた。

「あ、何かおいしそうなものだ」

「うん、ファスの思い出の味だって」

「そんなんじゃないよ」

ファストラは照れくさそうに笑った。


旅をつづけるにつれて、衛兵《えいへい》に呼《よ》びとめられる回数は減《へ》っていった。見習い騎士《きし》たちが土地に慣《な》れて、エンデシム人と見分けがつかなくなったのかもしれない。

十日間、空と陸を旅して、六月十九日、ピントネイの街に着いた。森の玄関口《げんかんぐち》にあたる街である。門では、衛兵《えいへい》が三人をちらりと見たが、何も言わなかった。ピントネイは王都よりも西にあって、前線からは遠いため、緊迫《きんぱく》感はほぼない。

気になったのは、衛兵《えいへい》がぼろを着た貧《まず》しそうな人たちを追い払《はら》っていたことだ。

「貧乏人《びんぼうにん》は街に来るな！」

「汚《きたな》いやつを見てると飯がまずくなる」

そのような声が聞こえてきて、ファストラはかっとなったが、レインにとめられた。他国の衛兵《えいへい》と問題を起こすわけにはいかない。

「エンデシムにはエンデシムの事情《じじょう》があるでしょ。私《わたし》たちが口を出すべきじゃない」

「いや、それはそうだけど、かわいそうじゃないか」

「気持ちはわかるよ。でも、あたしたちには任務《にんむ》がある」

シューデリンもくわわってファストラをなだめ、三人は出張所《しゅっちょうじょ》をめざした。

エンデシムの主要な街にはフィリムの出張所《しゅっちょうじょ》があり、役人が伝書鳩《でんしょばと》で本国やエンデシムの都チェイと連絡《れんらく》をとっている。情報収集《じょうほうしゅうしゅう》がおもな仕事だが、今回のような任務《にんむ》にも協力してくれるのだ。

出張所《しゅっちょうじょ》では、初老であごひげをたらしたフィリム人の役人が迎《むか》えてくれた。ネイ・キール大陸では、ひげは成人男性《だんせい》のしるしなので、多くの男性《だんせい》はひげを生《は》やしている。

「話は聞いている。森にくわしい案内人を手配したから、明日、出発するといい」

その日は宿も食事も出張所《しゅっちょうじょ》で用意するという。まずは役人に連れられて食事に出かけた。

「エンデシムは、街とその外側で、ずいぶんと印象《いんしょう》が違《ちが》いますね」

レインが街を見た感想を口にした。

城壁《じょうへき》の内側は豊《ゆた》かに見える。市場《いちば》には物が豊富《ほうふ》だし、戦《いくさ》がはじまっているにもかかわらず、民《たみ》はのんびりしていて、治安もよさそうだ。しかし、城壁《じょうへき》の外は、貧《まず》しい人が集まっていて薄暗《うすぐら》く、雰囲気《ふんいき》が悪い。

「よく気づいたね」

役人はレインの目を褒《ほ》めた。

「エンデシムは農民を大事にする国で、貧《まず》しい人が多いわけじゃない。ただ、弱い人や困《こま》っている人を放置して、民《たみ》の不満をそらそうとしているんだ。『あれよりはまし。自分は幸せだ』って、思わせるのさ」

「汚《きたな》いやり方だ」

ファストラがこぶしを固めた。

「だが、有効《ゆうこう》だ。人はみな、自分がかわいいからね」

役人は小さな声で語った。よその国の悪口は言いにくいのだろう。

「ただ、戦争はときに社会を大きく変える。よくも悪くもね。侵略者《しんりゃくしゃ》を撃退《げきたい》して、国がいいほうに変わることを祈《いの》ろう」

たしかに、今はギルス帝国《ていこく》から国を守ることが重要だ。

帝国《ていこく》の侵攻《しんこう》を受けて、この街では募兵《ぼへい》がおこなわれているそうだ。税《ぜい》の免除《めんじょ》や給金を目当てにして、けっこうな数の兵が集まっているらしく、千人の目標が達成できそうだという。

街のあちこちから、「帝国《ていこく》を倒《たお》せ」という人々の声が聞こえる。

戦《いくさ》が長引けば、徴兵《ちょうへい》や増税《ぞうぜい》がはじまり、民《たみ》の不安や不満も高まってくるだろう。大陸の人々にとってギルス帝国《ていこく》は憎《にく》むべき敵《てき》だから士気《しき》は高いが、生活に影響《えいきょう》が出てくると、気持ちも変わってくる。それまでに撃退《げきたい》できるだろうか。

「帝国《ていこく》の目的はやっぱり奴隷《どれい》なのか」

役人はレインにたずねた。本国からは情報《じょうほう》がまわってこないという。

「すみません。私《わたし》たちは何も教えてもらっていないのでわかりません」

レインがとまどいながら答えると、役人は軽く手を振《ふ》った。

「そうだろうな。いや、悪かった」

エンデシムではどの街にも、食事を出す店がたくさんある。小麦でつくるパンの他、麺《めん》料理も発達しており、鳥肉や魚のだしで食べる温かい麺《めん》が人気だ。鳥肉は食べるが、獣《けもの》の肉はあまり食べない。海沿《うみぞ》いでは海水魚、内陸では淡水魚《たんすいぎょ》がよく食べられており、食材は豊富《ほうふ》である。

案内された店では、川魚の蒸《む》し物と塩焼きが出てきた。両方とも頭からしっぽまで、形のまま皿にのせられている。塩焼きは一人に一匹《ぴき》、蒸《む》し物は大皿で出された。

「あたしはパンだけでいいや」

シューデリンが真っ先に言った。フィリム人はほとんど魚を食べない。魚の頭が食卓《しょくたく》にあると、思わず目をそむけてしまう。

「私《わたし》もちょっと……」

レインも腰《こし》が引けている。

役人がしわの多い顔に笑《え》みを浮《う》かべてすすめた。

「そう言わずに食べてみなさい。食《く》わず嫌《ぎら》いはよくないぞ。私《わたし》も最初は苦手だったが、今では肉よりも好きなくらいだ」

「いただきます」

ファストラが塩焼きの魚に頭からかぶりついた。

「お、おい待て」

役人があわててとめる。

「頭は食べなくてもいい。全体に骨《ほね》が多いから気をつけて。ああ、おい、真ん中の背骨《せぼね》は残すんだ」

「うん、たしかに骨《ほね》がささる。でもおいしいですよ」

ファストラは焼き魚を頭ごと噛《か》みくだいて飲みこんだ。

「こっちはどうかな」

つづいて蒸《む》し物にさじを伸《の》ばす。人の顔よりやや大きい魚で、野菜やキノコを煮《に》た汁《しる》がかけられている。さじで身をすくって、汁《しる》といっしょに口に運ぶ。

「おお、こっちもうまい」

ファストラは皿を引き寄《よ》せた。

「二人が食べないなら、おれが全部もらう」

試《ため》してみろ、とは言わないのがファストラである。レインが反応《はんのう》した。

「せっかくだから、私《わたし》も食べてみる」

おそるおそる焼き魚をとり、慎重《しんちょう》ににおいをかいでから、口に入れる。顔をしかめて骨《ほね》を取り出し、身を味わう。

「食べられなくはない？」

レインは首をかしげた。自分でもよくわからない。

「このパン、おいしいよ」

シューデリンはパンをほおばって、幸せそうである。焼き魚の皿はすでにファストラの前に移動《いどう》している。

あらかた食べ終えたあとで、ファストラがふと言った。

「リディンも魚を食べてるのかなあ」

役人が答える。

「リディンの消息《しょうそく》はわからない。ただ、何年か前に、空飛ぶ馬を見た、といううわさを聞いたことはある。それがリディンたちなのか、あるいは野生の飛空馬《ひくうば》なのかはわからんがな。

そもそも、野生の飛空馬《ひくうば》は今でもいるのか？」

役人はレインに目を向けた。ファストラに聞かないあたり、よく人を見ている。

「フィリムにはいると思いますが、エンデシムにはいないでしょう」

レインは答えた。

野生の飛空馬《ひくうば》は、フィリム北部の山岳《さんがく》地帯にすんでいるという。人がほとんどいない辺境《へんきょう》地域《ちいき》だから、実際《じっさい》に見たという話は聞かない。飛空騎士《きし》の愛馬は、飛空騎士団《きしだん》の牧場で生まれ育ったものだ。飛空馬《ひくうば》どうしから生まれた馬は、二頭に一頭くらいは飛空馬《ひくうば》になる。

「ふむ。ならば、リディンとエジカに関係するかもしれんな。とにかく、行ってみることだ。充分《じゅうぶん》に気をつけてな」

森には危険《きけん》な動物や虫が多い。気候も違《ちが》うから疲《つか》れもたまる。よそ者を嫌《いや》がる住人もいるらしい。エンデシム国の支配《しはい》が及《およ》んでいないため、情報《じょうほう》はかぎられているが、案内人は信頼《しんらい》できるという。

警告《けいこく》されて顔をしかめたのは、シューデリンだけである。レインは平然と受けとめており、ファストラはむしろ喜《よろこ》んでいる。

「任務《にんむ》成功を伝える手紙を用意しておいてください」

ファストラが言うと、役人はひげをゆらして笑った。

「おう、若《わか》い者はそれくらいの元気がないとな」

見習い騎士《きし》たちは、役人が手配してくれた宿に泊《と》まった。布団《ふとん》は清潔《せいけつ》でふっくらしており、久《ひさ》しぶりの快適《かいてき》な寝床《ねどこ》であった。

2 ❖ よくしゃべる案内人

翌朝《よくあさ》、見習い騎士《きし》たちはまだ暗いうちに起こされた。

「起きろ！　すぐに出発するぞ。急げ急げ急げ」

にこにこ笑いながら急《せ》かすのは、ネクと名乗る案内人だった。三十歳《さい》くらいのエンデシム人で、背丈《せたけ》は中くらいだが、ファストラよりも横はばがある。

最初にレインが起きあがった。

「えっと、朝に迎《むか》えに来るって聞いてましたけど、もう朝ですか？」

「もう鶏《にわとり》は鳴いたぞ。森では涼《すず》しい朝と夕方に行動するんだ。開門と同時に街を出る。さあ、出発だ出発だ」

まるでオウムのように、案内人は言葉を繰《く》り返す。

「朝飯は？」

ファストラが寝《ね》ぼけまなこでたずねる。

「歩きながら食おう。フィリム流だ」

案内人は笑顔《えがお》を崩《くず》さずに言った。

見習い騎士《きし》たちは急いで荷物をまとめ、出発した。案内人が徒歩なので、見習い騎士《きし》たちは馬をひいて歩く。むりやり起こされたシューデリンは半分目を閉《と》じて、馬に押《お》されるように歩いている。

街の門は日の出とともに開いた。野菜や卵《たまご》を売りに来る早起きの農民とすれちがって、見習い騎士《きし》たちは街を出た。

明るくなりはじめた空に鳥が舞《ま》っている。案内人の背中《せなか》を追っていたファストラは、近くの木の上に、黒い鳥がとまっているのに気づいた。

「うわっ、森鴉《もりがらす》だ」

それは大陸全土で見られる鳥で、不幸を呼《よ》ぶとされている。森鴉《もりがらす》を見たら、フィリム人は目をそらし、エンデシム人は親指を隠《かく》す。フィリム人とエンデシム人の間に生まれたファストラは、石を拾って投げつけた。

届《とど》かない距離《きょり》ではあったが、森鴉《もりがらす》はひと声鳴いて南へ飛んでいった。その方向には、黒々とした森が広がっている。

「やめなよ。当たったらかわいそうでしょ」

レインが冷たい目を向ける。

「ちょっとおどしただけだって」

ファストラはもごもごと言《い》い訳《わけ》すると、前を向いて歩きだした。そのまま言い合いをつづけても勝てないし、罪悪感《ざいあく》はたしかにあった。女子との喧嘩《けんか》は逃《に》げてもいいと、次兄《じけい》に教えられている。

しばらく街道《かいどう》を進んで、森へつづく小道に入った。

案内人は森で薬草をとって売っているという。

『巨人《きょじん》の椅子《いす》』に行ったことはありますか？」

レインの質問《しつもん》に、案内人は首をかしげた。ずっと笑《え》みを浮《う》かべていて、不気味なくらいである。

「いやあ、あそこには近づかないね。人は登れないって聞くし、わざわざ行く理由もないからね。あ、もちろん道はわかるよ」

ファストラも声をあげる。

「リディンのうわさを聞きますか？　飛空馬《ひくうば》を見たことは？」

「リディンの名は知ってるけど、最近は聞かないね。亡命《ぼうめい》した当時はいろいろとうわさになったみたいだけど、もう二十年以上経《た》つんだろ。エンデシムにとっては単なる敵《てき》だったわけで、英雄《えいゆう》でも何でもないから、今のエンデシム人は関心がないよ」

たしかに、それがエンデシム人の見方だろう。見習い騎士《きし》たちは深くうなずいた。

「飛空馬《ひくうば》はおれは見たことがないが、見たって話は聞いたことがある。でも、他に飛ぶ魔法《まほう》動物はいるだろ？　飛空豚《ひくうぶた》とか飛空猿《ひくうざる》とか。単に鳥かもしれない。飛空馬《ひくうば》を見たって場所も通るけど、あまり期待するなよ」

案内人はよくしゃべる男だった。エンデシムの食べ物について、薬草の種類と効果《こうか》について、森の動物について……とくに重要とは思われないことを切れ目なく話しつづける。

森に入っても、しばらくは奥《おく》には進まない。外側をまわっているようだ。

「まっすぐ行く道がないからね。人だけなら何とかなるけど」

案内人はすまなそうに言うが、相変わらず笑っている。

「この辺りでも珍《めずら》しい果物《くだもの》がとれるんだ」

案内人は近くの木をゆらして、落ちてきた実を服で受けとめた。こぶし大の赤い果実だ。三回ほどゆらして、四個《こ》の実を手に入れる。

「食ってみな。さわやかな味で元気が出るぞ。のどのかわきにもいい」

果実を放られたファストラは、右手でしっかりと受けとった。鼻に近づけると、甘酸《あまず》っぱいにおいがする。

「皮ごと食べて、種を出すんだ」

説明する前に、ファストラは口に入れている。眉間《みけん》に深いしわがよった。

「おれには酸《す》っぱすぎる。シューデリンの好みかも」

シューデリンとレインにも、同じ果実が手渡《てわた》された。シューデリンは器用に皮をむいて、白い果肉に口をつけた。小さくうなずく。

「まあまあだね」

レインは半分ほどかじってみた。熟《じゅく》していないのか、渋《しぶ》くて食べきれない。

「私《わたし》のははずれかな」

「それは悪かった。こっちはうまいけどなあ」

案内人が口を動かしながら謝《あやま》る。

しばらく行くと、円形に開けた場所に出た。高い木がなくて空が見え、下生えの草も刈《か》り取られている。

「野営地《やえいち》だよ。ここで少し休もう」

見習い騎士《きし》たちはほっとしてすわりこんだ。慣《な》れない森歩きで、疲《つか》れていた。三人とも額《ひたい》に汗《あせ》をにじませている。それぞれ水筒《すいとう》の水を飲み、パンをかじった。

「朝が早かったから、少し寝《ね》るといい。おれが見張《みは》ってるよ」

「ありがたい」

ファストラは愛馬を手近な木につなぐと、地面にごろりと転がった。すぐに寝息《ねいき》をたてはじめる。シューデリンは広場のはしの手ごろな木に寄《よ》りかかった。レインも同じ木に背中《せなか》をあずける。眠気《ねむけ》がすぐにやってきた。

どれくらい眠《ねむ》っただろう。

〈レイン……起きて……起きて……〉

かすかな声が聞こえた気がして、レインは目を覚ました。

頭がぼうっとしていて、とっさに状況《じょうきょう》がつかめない。

今、自分はどこにいるのか。誰《だれ》に呼《よ》ばれているのか。

森の中だ。隣《となり》でシューデリンが寝《ね》ている。ファストラのいびきが聞こえる。

レインは首を振《ふ》りながら立ちあがろうとした。足もとがおぼつかなくて、よろめいてしまう。頭にもやがかかっているようだ。

〈こっち……早く……〉

「レース!?」

はっとした。呼《よ》んでいるのは飛空馬《ひくうば》だ。

愛馬に呼《よ》びかけられるのははじめてだ。心に直接声《ちょくせつ》が聞こえる。いったい何が起こっているのか。

飛空馬《ひくうば》をつないでいた木に目を向ける。

飛空馬《ひくうば》たちは麻袋《あさぶくろ》を頭にかぶせられていた。目と耳をおおわれると、馬は抵抗《ていこう》できなくなってしまう。そうしておいて、正面で何やら作業しているのは、太った案内人だ。

「何をしているのですか!?」

レインがするどく声をかけると、案内人はびくりとした。

「もう起きたのか」

あわてて身をひるがえす。手にしているのは三つの青い輝《かがや》き。藍玉《キーラ》を盗《ぬす》んだのだ。

「ファス！　シュー！　起きて！」

レインは叫《さけ》ぶと同時に駆《か》けだした。レースのもとへ行こうとしたが、考え直して案内人を追いかける。森の奥《おく》に逃《に》げられたら、馬で追うのは難《むずか》しい。

「どろぼう！　止まりなさい！」

案内人が振《ふ》り返って、にやりと笑った。距離《きょり》はまったく縮《ちぢ》まらない。案内人は体型のわりにすばしっこく、レインは普段《ふだん》の実力を発揮《はっき》できていなかった。体が思うように動かなくてもどかしい。見失わないようにするのがせいいっぱいである。

木の根を飛びこえ、視界《しかい》をふさぐ枝《えだ》を振《ふ》りはらって走る。

ようやく気づいた。あの果物《くだもの》に毒《どく》があったのだ。そのせいで眠《ねむ》ってしまったのだろう。うかつだった。最初から偽《にせ》の案内人だったのだろうか。それとも魔《ま》が差したのか。いずれにしても、簡単《かんたん》に信用するべきではなかった。

藍玉《キーラ》の価値《かち》はわかっているつもりだった。夜寝《ね》るときは飛空馬《ひくうば》から外して、身につけるようにしていた。今回は昼間だし、寝《ね》ようとは思っていなかったので、油断《ゆだん》してしまった。

レインは泣きそうになっていた。

藍玉《キーラ》がなければ、飛空馬《ひくうば》の能力《のうりょく》は大きく下がる。高く飛ぶことも、長く飛ぶこともできない。任務《にんむ》失敗どころか、大地溝《だいちこう》を渡《わた》れず、フィリムに帰れなくなってしまう。

案内人の姿《すがた》が木々の陰《かげ》に見え隠《かく》れしている。徐々《じょじょ》に引きはなされているようだ。まずい。だが、体は少しずつ回復《かいふく》してきた。持久力《じきゅう》はこっちが上のはずだ。そう思ったとき、レインは土で足をすべらせた。

転びはしなかったが、木の幹《みき》にぶつかった。

「いたっ」

思わず声が出る。革《かわ》よろいを着ていなければ、すり傷《きず》がたくさんできていただろう。

だが、時間を失ったほうが痛《いた》い。逃《に》げられてしまった。

レインは絶望《ぜつぼう》しつつ、顔をあげた。

案内人がこっちに走ってくる。必死の形相《ぎょうそう》だ。その後ろから、剣《けん》を抜《ぬ》いたファストラが追いかけてくる。いつのまにか回りこんでいたのだ。

よくやってくれた。これを生かさなければならない。

レインは立ちはだかった。

「止まりなさい」

「無理するな。おれに任《まか》せろ」

ファストラが声を張《は》りあげる。

「そんなわけにいかないでしょ」

レインも腰《こし》の剣《けん》を抜《ぬ》いた。剣《けん》に自信はないが、敵《てき》にそれはわからないだろう。

案内人は右に曲がった。かなり息を切らしている。レインとファストラが二人で並《なら》んで追いかけるかたちになった。

だんだんと周囲《しゅうい》が明るくなってきた。森の出口に近づいている。

「よし、森を出れば追いつける」

ファストラが速度をあげる。レインは形のよい眉《まゆ》をひそめた。

「嫌《いや》な予感がする。わざわざ不利なほうに逃《に》げるのは変だ」

予感は当たった。森の外れに二頭の馬が待っていた。一頭には男が乗っており、から馬の手綱《たづな》をひいている。仲間がいたのだ。

ここで馬に乗られてしまったら、とても追いつけない。

「くそっ」

ファストラが右手の剣《けん》を投げつけた。だが、当たるはずもない。

案内人が馬にたどり着いた。

馬の鞍《くら》に手をかけて、乗ろうとしたときである。

弓の弦音《つるおと》が響《ひび》いた。案内人の広い背中《せなか》に矢が突《つ》き立つ。

つづいてもう一射《しゃ》。今度は馬上の男の首に命中した。男は馬の首に抱《だ》きつくように倒《たお》れる。馬が嫌《いや》がって体をゆらすと、男はずり落ちて転がった。

そのときには、案内人の前に別の男が立っていた。無言で短刀をひと振《ふ》りして、とどめをさす。これが弓の主だろうか。

ファストラとレインはしばらく動けなかった。この男は味方なのか、敵《てき》なのか。

男が顔をあげて、こちらを向いた。黒髪《くろかみ》と濃《こ》い茶色の瞳《ひとみ》、短いほおひげの持ち主である。体つきは引きしまっていて、身のこなしはしなやか、戦士《せんし》としての力量は高そうだ。年齢《ねんれい》は二十代の前半に見えるが、冷静な態度《たいど》には年齢《ねんれい》以上の威厳《いげん》が感じられた。おそらくはエンデシム人である。

男が口を開いた。

「おまえたちが見習い騎士《きし》か」

こちらの素性《すじょう》を知っている。通りすがりの者ではないようだ。

ファストラが前に出た。

「そうだけど、あなたは?」

男は取り返した藍玉《キーラ》を二人に向かって放り投げた。ひとつはファストラが、ひとつはレインが受けとった。

レインは藍玉《キーラ》を胸《むね》に抱《だ》くようににぎりしめた。これで任務《にんむ》をつづけられる。

だが、ほっとするのは早かった。

3 ❖ 藍玉《キーラ》の行方《ゆくえ》

男は三つめの藍玉《キーラ》をファストラに投げた。

その瞬間《しゅんかん》、白いかたまりが走ってきた。

「危《あぶ》ない！」

男が叫《さけ》んだが、ファストラもレインもとっさに反応《はんのう》できない。

白いかたまりは犬だった。勢《いきお》いよく跳《と》んで、男が投げた藍玉《キーラ》の首飾《くびかざ》りをくわえると、そのまま駆《か》け抜《ぬ》ける。

「逃《に》げろ！」

レインは何を言われているのかわからなかった。理解《りかい》したのは、背後《はいご》に危険《きけん》な気配を感じた瞬間《しゅんかん》である。

だが、遅《おそ》かった。

レインは後ろから手をまわされて捕《と》らえられた。首筋《くびすじ》には冷たい感触《かんしょく》がある。短刀が押《お》しあてられているのだ。

上半身は動かせないが、足は動く。蹴《け》りつけようとしたとき、低い声が響《ひび》いた。

「動くと死ぬぞ」

レインはこおりついた。声の主《ぬし》は女だが、背《せ》が高く、力も強い。

「藍玉《キーラ》を出せ」

女はファストラに言った。レインが手にしていたものはすでにもぎとられている。

ファストラは女をにらんだが、どうすることもできない。剣《けん》を投げてしまったので丸腰《まるごし》だが、持っていたとしても、動けなかっただろう。

「犬に渡《わた》せ」

白い犬がファストラに寄《よ》ってきた。ファストラは藍玉《キーラ》を足もとに落とす。犬がくわえて女のところに戻《もど》る。

レインは心のなかで犬に呼《よ》びかけた。

「私《わたし》たちの大切なものをとらないで」

犬はちらりとレインを見やったが、動きはとめなかった。ぼんやりと伝わってきたのは、主人に対する忠誠《ちゅうせい》心だけである。

「おまえたち、少しでも動いたら、こいつの命はないぞ」

女はレインを引きずるようにして、森へ移動《いどう》していく。レインは逃《に》げ出す隙《すき》をさぐった。案内人を倒《たお》した男が弓でねらいをつけている。自分が逃《に》げれば、逆襲《ぎゃくしゅう》の好機ができる。

「レイン、無理をするな。敵《てき》はもう一人いる」

ファストラが声をかけた。レインははっとして、周りを見た。敵《てき》は確認《かくにん》できなかったが、ファストラが妙《みょう》に自信ありげなのが気になった。何をするつもりだろうか。信頼《しんらい》はできないが、任《まか》せるしかない。

レインが力を抜《ぬ》いたのを見て、ファストラは小さくうなずいた。

ファストラの位置からは、レインを人質《ひとじち》にした女と、森のはしで弓をかまえる男の、二人の敵《てき》が見えていた。くわえて、犬が一匹《ぴき》。魔法《まほう》動物かもしれない。案内人を倒《たお》した男が味方だとしても、こちらの分《ぶ》が悪いように思われる。レインが女から逃《のが》れたとしても、近くから弓で射《い》られたら危《あぶ》ない。しかし、まだ逆転《ぎゃくてん》の目はあった。

シューデリンが飛んで来ているのだ。敵《てき》の後方、森の上から矢を放つ機会をねらっている。敵《てき》はまだ気づいていない。問題は敵《てき》がレインを解放《かいほう》するかどうかだ。解放《かいほう》すれば、藍玉《キーラ》を取り返す好機が生まれる。連れて逃《に》げるのは重荷になるから、どこかで解放《かいほう》すると思われるが……。

シューデリンは弓をにぎる手に汗《あせ》がにじむのを感じていた。

ファストラが藍玉《キーラ》を置いたあたりから見ていたので、状況《じょうきょう》はわかっている。藍玉《キーラ》を取り戻《もど》さなければならない。失敗は許《ゆる》されない。

女が森に達し、木の陰《かげ》に入った。ほとんどシューデリンの真下である。枝《えだ》がじゃまだが、頭がはっきり見えていた。シューデリンの腕《うで》なら、確実《かくじつ》にしとめられる。

「行きな」

女がレインを放して、強く押《お》した。レインはよろめきつつも駆《か》け出す。女は身をひるがえして森の奥《おく》に逃《のが》れようとする。

「今だ」

シューデリンはつぶやいた。

矢を放とうとする。敵《てき》が動いているとはいえ、当てられる距離《きょり》だ。

しかし、ほんの一瞬《いっしゅん》、シューデリンはためらった。人を射《い》るのははじめてだったのだ。

矢は外れた。

白い犬が激《はげ》しく吠《ほ》え、上に向かって炎《ほのお》を吐《は》き出した。炎《ほのお》を吐《は》く魔《ま》法《ほう》動物、火炎犬《かえんけん》だ。

シューデリンは上へと逃《のが》れようとしたが、藍玉《キーラ》がないため、シュートの反応《はんのう》が遅《おく》れた。それでも、ぎりぎり炎《ほのお》は届《とど》かず、熱気だけが伝わった。

シューデリンは次の矢をつがえようとしたが、手がふるえてうまくいかなかった。

二人の敵《てき》と犬は、森の奥《おく》へ消えていった。

藍玉《キーラ》は失われた。


見習い騎士《きし》たちは暗い顔を寄《よ》せあっている。

「ごめん、あたしが外したから……」

「シューのせいじゃない。私《わたし》が油断《ゆだん》してつかまっちゃったからだ」

「いや、おれが剣《けん》を投げなければ……」

それは関係ない、とレインもシューデリンも思ったが、口には出さなかった。しばらく沈《ちん》黙《もく》がつづいたあと、レインが言った。

「そもそもは案内人にだまされたからだよね。たぶん、あの果物《くだもの》のせいで眠《ねむ》ってしまったのだと思う」

「うん、そうだ。で、あの人は誰《だれ》だろう」

ファストラは男のほうを見やった。

男はいつのまにかすぐ近くに来ていた。

「出張所《しゅっちょうじょ》にやとわれた案内人だ。名前はネク」

藍玉《キーラ》を盗《ぬす》んだ案内人が名乗っていた名前と同じだ。ファストラは眉《まゆ》をひそめた。

「じゃあ、そこに転がっているやつは？」

「出張所《しゅっちょうじょ》で働いていた男だそうだ。案内人のふりをして、おまえたちをだましたようだな」

ネクは淡々《たんたん》とした口調で説明した。

約束どおり宿に迎《むか》えに行くと、ファストラたちは出発したあとだった。宿の主人に聞くと、案内人が迎《むか》えに来たという。そこで、出張所《しゅっちょうじょ》の役人に相談し、役人の指示《しじ》であとを追ってきたのだそうだ。

「それで、これからどうするのだ？」

ネクは事務的《じむ》にたずねた。

レインが力なく答える。

「藍玉《キーラ》がなければ、任務《にんむ》は達成できず、帰ることもできません。出張所《しゅっちょうじょ》に戻《もど》って相談するしかないでしょう」

その言葉が終わらないうちに、ファストラが力強く言った。

「あきらめるのはまだ早い。藍玉《キーラ》がなくても、『巨人《きょじん》の椅子《いす》』までは行けるんじゃないか？　あるいは、あの盗《ぬす》っ人《と》どもを追って、藍玉《キーラ》を取り返すという手もある」

ファストラはまったくやる気を失っていなかった。つられて、レインは顔をあげた。

「追いかけるのは難《むずか》しいでしょ。私《わたし》たちには土地勘《かん》がない。リディンに会えると信じて、『巨人《きょじん》の椅子《いす》』をめざすしかないか」

「盗《ぬす》っ人《と》に心当たりはありませんか？　あの偽者《にせもの》の仲間なんでしょうか」

ファストラに問われて、ネクは首を横に振《ふ》った。

「仲間ではあるまい。彼《かれ》らは森の住人、この森に住んでいる者だ。おまえたちが森に入ったときから、機会をうかがっていたにちがいない」

森の住人は独自《どくじ》の文化を持っている集団《しゅうだん》で、森の奥《おく》に集落をつくって暮《く》らしているという。エンデシム国の支配《しはい》は、森には及《およ》んでおらず、エンデシムの法は通用しない。

「なら、追いつけるわけないね」

シューデリンがため息をついた。

「藍玉《キーラ》なしで『巨人《きょじん》の椅子《いす》』に……」

登れるかどうか、と、ネクに聞こうとしたレインだが、最後まで言う前に、自分で答えを出してしまった。

「わかるわけないですね」

「絶対《ぜったい》登れるって。どんな急な崖《がけ》でも、途中《とちゅう》の岩棚《いわだな》とか、下りて休める場所はあるはず。一気に登れなくても、一回下りて、もう一回飛べばいい」

「あ、ファスが冴《さ》えてる」

シューデリンが少し笑った。

ネクが無表情《むひょうじょう》で告《つ》げる。

「先へ進むなら案内する。それ以外なら、おれは帰る」

見習い騎士《きし》たちは顔を突《つ》きあわせて相談した。

このネクが信用できるかどうかわからない。だまされたばかりだから、慎重《しんちょう》になってしまう。だがこのネクは一度、藍玉《キーラ》を取り返してくれた。それをどう考えるか。

レインが言った。

「任《まか》せるしかないと思う。森が危険《きけん》なのはよくわかったし、私《わたし》たちは『巨人《きょじん》の椅子《いす》』の場所も道も知らないのだから」

「仕方ないな」

「それでいいよ」

ファストラもシューデリンも同意した。

ネクは密談《みつだん》する三人に、冷ややかな視線《しせん》を送っている。

その背負《せお》い袋《ぶくろ》から、小さな猿《さる》が顔をのぞかせた。袋《ふくろ》を出て、ネクの左肩《ひだりかた》に落ちつく。しっぽの長い、茶色い猿《さる》だ。大きな目をぐるぐると回して、見習い騎士《きし》たちを興味《きょうみ》深そうに見つめる。

「もしかして治癒猿《ちゆざる》ですか？」

レインがたずねると、ネクは軽くうなずいた。猿《さる》の頭にそっと手をやる。猿《さる》はすっと動いて、背負《せお》い袋《ぶくろ》に戻《もど》った。目と耳を出して、外の様子をうかがっている。

治癒猿《ちゆざる》は主人が傷《きず》を負うと、魔法《まほう》で治療《ちりょう》してくれる。魔力《まりょく》の強い治癒猿《ちゆざる》が藍玉《キーラ》を身につけていれば、瀕死《ひんし》の重傷《じゅうしょう》でも回復《かいふく》できるという。エンデシムには治癒猿《ちゆざる》を連れた歩兵の部隊があって、「不死隊」と呼《よ》ばれている。

治癒猿《ちゆざる》は飛空馬《ひくうば》ほど珍《めずら》しくないが、簡単《かんたん》に見られるものではない。見習い騎士《きし》たちも、間近で見たのははじめてだ。治癒猿《ちゆざる》を連れているとは、ネクもただ者ではない。

「話し合いは終わったのか」

低い声でネクが問う。

先ほど治癒猿《ちゆざる》に向けた目はやさしかったが、見習い騎士《きし》に対しては変わらずに冷たい。

「案内をお願いします」

レインが告《つ》げても、ネクはにこりともしない。うなずきながら、眉《まゆ》をひそめて何か考える様子であった。

4 ❖ 帝国《ていこく》軍をひきいる男

港町カルセイは、大河《たいが》モルグの河口《かこう》の北側にある。他の大陸や島々と交易《こうえき》をおこなって栄えてきたが、昔から、帝国《ていこく》の侵攻《しんこう》を最初に受ける町でもあった。

そのため、海に向けて城壁《じょうへき》がめぐらされていて、千人の守備《しゅび》兵が常《つね》に配置されている。いざというとき、水門を閉《と》じて港を封鎖《ふうさ》するしかけもあった。

備《そな》えていたはずだったが、今回はまったく機能《きのう》しなかった。「潮見《しおみ》の塔《とう》」からの警告《けいこく》が届《とど》かず、また街の守備《しゅび》隊長が寝返《ねがえ》っていたからでもある。

港には、ギルス帝国《ていこく》の黄金の旗をかかげた軍船が、十数隻《せき》もいかりを下ろしている。帝国《ていこく》の軍船はガレー船で、奴隷《どれい》が漕《こ》いで進む。一隻《せき》あたりの漕《こ》ぎ手は九十六人、巨大《きょだい》な櫂《かい》を四人一組で動かす。乗りこむ兵士《へいし》は四百人だ。ギルス帝国《ていこく》からカルセイまでは、三、四日の航海《こうかい》で着く。

桟橋《さんばし》につけられた軍船に、金品や人が積みこまれている。いずれも戦利品である。ギルス帝国《ていこく》は奴隷制《どれいせい》をとる国で、他国に侵略《しんりゃく》して得《え》た捕虜《ほりょ》を奴隷《どれい》として使っているのだ。奴隷狩《どれいが》りのために他国に侵攻《しんこう》することも少なくない。

縄につながれ、よろよろと歩く奴隷《どれい》たちは、壮年《そうねん》の男が多かった。降伏《こうふく》したカルセイの守《しゅ》備《び》兵が主だ。男たちは腰布《こしぬの》を巻《ま》いただけで、ほとんど裸《はだか》であり、鞭《むち》で追い立てられている。少数ながら女や子どももいた。こちらは男たちとは別の船室に連れていかれる。

港の周辺は、帝国《ていこく》兵がかためていた。抜《ぬ》き身の剣《けん》を手に、左右にするどい視線《しせん》を投げかけている。

カルセイの民《たみ》は帝国《ていこく》兵をおそれて家に閉《と》じこもっており、出歩く者はいない。本来、港の主役であるはずの漁船や交易《こうえき》船は、軍船のじゃまだからと、大河《たいが》モルグをさかのぼった入江《いりえ》に追いやられている。

もちろん、民《たみ》が帝国《ていこく》の占領《せんりょう》を歓迎《かんげい》しているはずはない。ひそひそ話が、いたるところでかわされている。

三人の商人が倉庫のすみで顔を突《つ》きあわせていた。

「どうして、やつらが攻《せ》めてくるのに気づかなかったのか」

「気づくどころか、太守《たいしゅ》は知っていたらしいぞ。あの豚野郎《ぶたやろう》は、この町を売ったんだ」

「守備《しゅび》隊長も寝返《ねがえ》ったと聞くぞ」

「この国はどこまで腐《くさ》ってるんだ」

商人たちの怒《いか》りは激《はげ》しい。現在《げんざい》、カルセイの町は出入りを禁《きん》じられ、民《たみ》は「安全税《ぜい》」などといって、帝国《ていこく》軍に財産《ざいさん》の一部を奪《うば》われている。商人はさらに、食料や服などの商品をすべて軍に納《おさ》めさせられた。最低限《さいていげん》の代金は支払《しはら》われたが、もうける機会をとりあげられたうらみは大きい。

「あまり文句《もんく》を言うと、帝国《ていこく》軍につかまるぞ」

商人たちは不安そうに顔を見あわせた。周囲《しゅうい》をうかがいながら、そっと倉庫を出て行く。

一方、帝国《ていこく》軍の上層部《じょうそう》は、勝利に浮《う》かれてはいなかった。

「積み荷が足りません、閣下《かっか》」

軍に同行する軍監《ぐんかん》という役人が、総《そう》司令官につめ寄《よ》っている。

「兵を運んだ軍船をからっぽのまま帰すのは、時間と労働力の無駄《むだ》です。最低でも、兵と同じだけの奴隷《どれい》を連れて帰らないと、収支《しゅうし》が合いません」

「これから先、捕虜《ほりょ》はいくらでも得《え》られる。待たせておけばよかろう」

答えた総《そう》司令官はまだ若《わか》かった。三十にもなっていない、細身の青年である。黒髪《くろかみ》を長く伸《の》ばしており、眉目《びもく》は絵に描《か》いたようにととのっている。

一方の軍監《ぐんかん》は総《そう》司令官より二十歳《さい》ほど年上であろう。反感を隠《かく》そうとせずに、冷たく告《つ》げる。

「待たせる間も、金がかかります。奴隷《どれい》も飯を食いますからな。さっさと進軍して、成果をあげてください」

「それくらいの金は、私個人《わたしこじん》が出してもよい。作戦に口を出すのはひかえてもらおう」

総《そう》司令官は軍監《ぐんかん》をさがらせた。

総《そう》司令官が指揮《しき》をとる帝国《ていこく》軍の本営《ほんえい》は、カルセイで一番大きな屋敷《やしき》におかれている。先代の太守《たいしゅ》が建てた屋敷《やしき》だという。屋敷《やしき》の持ち主は、帝国《ていこく》軍に抵抗《ていこう》しようとしたため殺《ころ》された。

それに比《くら》べて、すんなりと降伏《こうふく》した今の太守《たいしゅ》は賢明《けんめい》だったのだろうか。

軍監《ぐんかん》にかわって、太守《たいしゅ》が入ってきた。まるまると太った中年の男だ。

「約束が違《ちが》います」

太守《たいしゅ》は体をふるわせて言った。

「民《たみ》の命はとらない、奴隷《どれい》にもしない。そうおっしゃったから、私《わたし》は帝国《ていこく》に降伏《こうふく》したのに……」

「約束を破《やぶ》ったつもりはない」

総《そう》司令官は冷ややかに告《つ》げた。

太守《たいしゅ》が真《ま》っ青《さお》になって反論《はんろん》する。

「でも、奴隷《どれい》として連行されているのは兵だけではありません。民《たみ》もまじっているではありませんか」

「私《わたし》は、『罪《つみ》なき民《たみ》』と言った。罪《つみ》ある者は民《たみ》であろうが兵であろうが処罰《しょばつ》する」

「彼《かれ》らに何の罪《つみ》があるとおっしゃるのですか」

総《そう》司令官はまったく感情《かんじょう》を表に出さない。

「反逆罪《はんぎゃくざい》だ。我《わ》が国に対する批判《ひはん》を口にした」

「そ、それだけで……？」

太守《たいしゅ》は口に手をあてて、一歩後退《こうたい》した。

「充分《じゅうぶん》な理由ではないか。奴隷《どれい》は不足している。貴公《きこう》も発言には気をつけたほうがよかろう」

「し、失礼しました」

退出《たいしゅつ》しようとする太守に、総《そう》司令官は追い打ちをかけた。

「ひとつ言っておく。私《わたし》がこの大陸と少しばかり縁《えん》があるからといって、慈悲《じひ》を期待するのはやめたほうがよい。私《わたし》は公正でありたいとは思っているが、寛容《かんよう》ではない。心しておくことだ」

「は、はい。承知《しょうち》いたしました」

転がるように出て行く太守《たいしゅ》に、総《そう》司令官はもはや注意をはらわなかった。するどい視線《しせん》は、机《つくえ》の上に広げられたフィリムの地図に注がれている。

アィーアィーアィー。

耳ざわりな鳴き声が聞こえてきた。

総《そう》司令官は眉《まゆ》をひそめて、窓《まど》に歩み寄《よ》った。外に向かって開く木製《もくせい》の窓《まど》だ。軍船でうめつくされた港が一望できる。

「森鴉《もりがらす》……不幸の鳥か」

港の上空を、黒い鳥の群れが舞《ま》っている。不気味な光景であった。

総《そう》司令官は卓上《たくじょう》の鈴《すず》を鳴らした。すぐに召使《めしつか》いの少年が現《あらわ》れる。

「灯《あか》りを用意しろ」

命令が実行されると、総《そう》司令官は窓《まど》を閉《し》めた。かわいた音が鳴って、不愉快《ふゆかい》な鳴き声はさえぎられた。

5 ❖ ひとり欠けた朝

見習い騎士《きし》たちは、緑の海で悪戦苦闘《あくせんくとう》していた。

ネクの案内で奥《おく》へ踏《ふ》み入ると、森が深くなった。木々が高く、枝《えだ》が立派《りっぱ》で、葉がたくさん茂《しげ》っている。太い幹《みき》にはつるが巻《ま》きついていて、まるで蛇《へび》におそわれているように見える。下生えの草木も厚《あつ》く、落ち葉や枯《か》れ枝《えだ》が積もって、場所によっては土が見えないほどだ。

暑く湿《しめ》った気候も、フィリム人の体力を奪《うば》う。同じ距離《きょり》を歩いても、涼《すず》しいフィリムとは疲《つか》れ方《かた》が違《ちが》うのだ。濃厚《のうこう》な森のにおいも鼻についている。

ネクはすいすいと歩いていくが、見習い騎士《きし》たちは馬をひいているので、歩みが遅《おそ》い。

「もしかして、馬で来るところじゃないのでは？」

レインが言うと、愛馬レースが同意するようにいないた。胸《むね》や腹《はら》によろいをつけていなければ、枝《えだ》や葉で切れて、傷《きず》だらけになっているだろう。

「でも、『巨人《きょじん》の椅子《いす》』には飛空馬《ひくうば》じゃないと登れないんだろ」

ファストラが口をとがらせた。体格《たいかく》のいいファストラは人一倍、汗《あせ》をかいている。

「リディンは本当にこの道を行ったの？」

シューデリンが疑問《ぎもん》を投げかけた。

「飛空騎士《きし》なのに、馬にやさしくないのはどうかと思う」

「どうなんですか、案内人」

ファストラが大声でたずねると、ネクが振《ふ》り返った。

「リディンがこの道を使ったかどうかはわからない。おれはこの道しか知らないから、案内しているだけだ」

「こんな道でもあるだけありがたいですけど、誰《だれ》が、何のためにつくった道なのでしょうか」

レインの問いに、ネクはかすかに眉《まゆ》をあげた。

道は一人が通れるほどのはばで、土はかたく、じゃまな木の間をぬってつづいていて、明らかに人がつくったものである。

「いい質問《しつもん》だ」

そう言ったのはファストラで、ネクは不機嫌《ふきげん》そうに答えた。

「そのうちわかる」

三日後、ようやく理由が明らかになった。

「今日はここで寝《ね》る」

ネクは森の中の開けた場所に、三人を案内した。

石造《いしづく》りの砦《とりで》の跡《あと》のようだった。四方は石を積んだ壁《かべ》に囲《かこ》まれており、内部には三階建ての建物と塔《とう》がある。長い間使われていないのか、草木が侵入《しんにゅう》して、灰色《はいいろ》の石を緑で飾《かざ》っていた。建物の陰《かげ》になっている部分は、コケにおおわれている。

見習い騎士《きし》たちが質問《しつもん》する前に、ネクが説明した。

「エンデシムの建国より前に、帝国《ていこく》の支配《しはい》に抵抗《ていこう》する者たちが拠点《きょてん》にしていた砦《とりで》だ」

二百年前から百五十年前くらいの話だという。ネイ・キール大陸の独立《どくりつ》戦争がはじまったのは、独立暦元年《どくりつれき》、つまり百三十二年前だが、それ以前から、抵抗《ていこう》する者はいたのだ。

「そういう歴史《れきし》があったのですね」

レインが感心している横で、ファストラがうれしそうに笑った。

「屋根がある。野宿よりはだいぶましだな」

シューデリンは石に刻《きざ》まれた模様《もよう》を熱心に観察している。ファストラの声も耳に入らない様子だ。

ネクが手早く火をおこし、湯をわかしはじめた。森には細い川がいくつも流れているので水は豊富《ほうふ》であり、果物《くだもの》や木の実、小動物など、食材にも事欠かない。ネクは案内人としては有能《ゆうのう》で、先頭を歩きながら、いつのまにかその日の食料を確保《かくほ》している。とくに色とりどりの果物《くだもの》がおいしい。

見習い騎士《きし》たちは最初はネクを警戒《けいかい》していたが、やがて全面的に信用するようになった。森では、ネクの助けがなければ生きていけない。ネクに案内してもらうと決めたら、信用するしかないのだ。

食事もネクにあわせて朝昼晩《あさひるばん》としっかりとるようになった。森の旅は体力を使うから、食べる量が増《ふ》えている。

森での野営《やえい》は注意が必要になる。夜行性《やこうせい》の動物が活動しはじめるし、毒《どく》を持つ虫も多い。藍玉《キーラ》を奪《うば》っていった森の住人も気になる。見張《みは》りの緊張感《きんちょう》は、フィリムの高原での野営《やえい》とは比《くら》べものにならない。

しかし、朝の目覚めは快適《かいてき》ではなかった。

この日は屋根と壁《かべ》があったおかげで、見習い騎士《きし》たちは安心して眠《ねむ》ることができた。

「ファス！　起きて！　起きてってば」

乱暴《らんぼう》にゆすられて、ファストラはしぶしぶ目を開けた。

「もう少し……」

再《ふたた》び目を閉《と》じたファストラのほおを、レインははたいた。

「起きて！　シューがいないの！」

「え？　何だって？」

ファストラは半身を起こした。

「最後の見張《みは》りがシューで、その前はファスでしょ。交代したとき、変わったことはなかった？」

「別に何もなかったけどなあ」

愛読者カード

ご購読ありがとうございました。今後の参考とさせていただきますので、ご協力
お願いいたします。また、新刊案内等をお送りさせていただくことがあります。

【1】本のタイトルをお書きください。

【2】この本を何でお知りになりましたか。
1.新聞広告(　　　　　　　　　　新聞)　2.書店で実物を見
3.図書館・図書室で　4.人にすすめられて　5.インターネット
6.その他(

【3】お買い求めになった理由をお聞かせください。
1.タイトルにひかれて　2.テーマやジャンルに興味があるので
3.作家・画家のファン　4.カバーデザインが良かったから
5.その他(

【4】毎号読んでいる新聞・雑誌を教えてください。

【5】最近読んで面白かった本や、これから読んでみたい作家、テーマを
お書きください。

【6】本書についてのご意見、ご感想をお聞かせください。

●ご記入のご感想を、広告等、本のPRに使わせていただいてもよろしいですか。
下の□に✓をご記入ください。 □ 実名で可　□ 匿名で可　□ 不可

ご協力ありがとうございまし

郵便はがき

金受取人払郵便

麹町局承認

1109

出有効期間
25年5月
日まで

切手をはらずに
ご投函ください

102-8790

206

（受取人）
東京都千代田区九段北
一―十五―十五
瑞鳥ビル五階

静山社 行

住　所	〒　都道府県			
フリガナ		年齢	歳	
氏　名		性別	男	女
TEL	（　　　）			
E-Mail				

山社ウェブサイト　www.sayzansha.com

目をこすりながら立ちあがる。

「シュートは？」

いない、とレインは首を振《ふ》った。シュートはシューデリンの愛馬である。三頭の飛空馬《ひくうば》は、馬小屋の跡《あと》につないでおいたが、レインがたしかめたところ、シュートはいなかった。他の二頭は無事である。

ファストラは大きく伸《の》びをした。

「じゃあ、おれたちが寝《ね》てる間に、飛空馬《ひくうば》に乗ってどこかに行ったってわけか。少なくとも、自分の意思で行動していることになる」

レインがまじまじとファストラを見つめる。

「すごい。落ちついているのね。言われてみればそうだ。さらわれたとか、おそわれたとかの心配はないのか」

珍《めずら》しくレインに褒《ほ》められて、ファストラは胸《むね》を張《は》った。

「寝起《ねお》きのおれは冴《さ》えてるんだ」

「それに戦闘《せんとう》の跡《あと》もないし、さわぎがあれば起きるだろうから、やっぱり自分でどこかに行ったのね」

二人が話していると、崩《くず》れた壁《かべ》の向こうからネクが顔を出した。

「さがしに行ってくる。おまえたちはここで待っていろ」

「おれも行く！」

ファストラが駆《か》け出そうとすると、ネクは冷たく言った。

「だめだ。戻《もど》ってきたときのために、ここに残っていてもらわねば困《こま》る」

「留守番《るすばん》ならレインが」

「勝手に決めないで」

ファストラとレインがにらみあう。その瞬間《しゅんかん》、ファストラの腹《はら》が大きく鳴った。

「仲よく朝飯を食ってな」

ネクが言いおいて去っていく。

二人は仕方なく、食事の用意をはじめた。たき火に木の枝《えだ》を足し、鍋《なべ》で湯をわかす。かちこちに固まったパンを湯にひたし、ふやかして食べる。

「牛乳《ぎゅうにゅう》が飲みたいな」

ファストラがつぶやくと、レインが目をつりあげた。

「それよりシューでしょ。いったい何があったのだろう」

「嫌《いや》になって逃《に》げたかな」

ファストラが何気なく口にした言葉に、レインは激《はげ》しく反応《はんのう》した。

「シューはそんなことしない」

顔を真《ま》っ赤《か》にしたレインを見て、ファストラは目を丸くした。

「えっと、だって、あいつもいつも訓練をなまけてるから。戦《いくさ》は嫌《きら》いだって言ってるし」

「だからって、逃《に》げたりしないでしょ！」

ファストラは首をひねった。

「そんなに怒《おこ》らなくてもいいだろ。冗談《じょうだん》だよ。こんなところで逃《に》げるはずがない。逃《に》げるなら森に入る前だ。いや、でも、つらい道中で嫌気《いやけ》がさしたのかも」

「まだ言うの？」

「もうやめとく」

ファストラは立ちあがった。すでに食事は終わっている。

「近くをさがしてみる。声の届《とど》かないところまでは行かないから」

「だめ。ちゃんと指示《しじ》にしたがわないと危険《きけん》よ。私《わたし》たちはこの森には慣《な》れていないのだから、慣《な》れている人に任《まか》せるべきでしょ」

「おれはけっこう慣《な》れてきたぞ」

ファストラは緩《ゆる》めていたよろいのひもをしめ、武器《ぶき》を身につけた。飛空騎士《きし》の武器《ぶき》は、弓に槍《やり》、そして剣《けん》である。通常《つうじょう》、弓は矢筒《やづつ》とともに袋《ふくろ》に入れて鞍《くら》に引っかけ、槍《やり》は背負《せお》い、剣《けん》は腰《こし》につるす。

槍《やり》は長いほうが有利なのだが、フィリムの騎兵《きへい》は飛空騎士《きし》を含《ふく》め、背丈《せたけ》より短い槍《やり》を使うことが多い。これは馬上で弓から槍《やり》へ持ち替《か》えるためだ。エンデシムなどの騎兵《きへい》は従士《じゅうし》を連れており、従士《じゅうし》に予備《よび》の武器《ぶき》を持たせている。フィリムは全員が騎兵《きへい》として戦うので、自分の武器《ぶき》はすべて自分で持つ。だから、背負《せお》えないほど長い槍《やり》は持てない。

剣《けん》は馬上ではほとんど使わない。馬を下りて戦うときや、他の武器《ぶき》を失ったときに使う。他国では儀礼《ぎれい》に用いられるが、フィリムは質実剛健《しつじつごうけん》の国で、あまり儀礼《ぎれい》を重視《じゅうし》しない。したがって、剣《けん》の役割《やくわり》は少ない。飛ぶのにじゃまだと、身につけない者もいる。

だが、ファストラは剣《けん》が好きだった。訓練が終わったあと、無心で重い剣《けん》を振《ふ》って、腕力《わんりょく》をきたえている。この旅でも、食後に剣《けん》を振《ふ》りまわして、レインとシューデリンをあきれさせていた。

剣《けん》だけではない。夜の見張《みは》りのときなど、腕立《うでた》て伏《ふ》せをしたり、槍《やり》の型《かた》をなぞったりと、毎日の訓練を欠かさないファストラである。

「森の動物——虎《とら》くらいなら、一人でも何とかなるよ」

ファストラは剣《けん》の素振《すぶ》りをしてみせた。力強いが、無駄《むだ》のある動きだ。

「どうだか」

レインの視線《しせん》はネク並《な》みに冷たい。フィリムには熊《くま》はいるが、虎《とら》はいない。空から攻撃《こうげき》すれば勝てるかもしれないが、森で戦えば人間のほうが不利ではないか。

「魔法《まほう》を使われたらどうするの？」

「それはそのときだ」

ファストラは明るく言ったが、ほぼ敗北宣言《せんげん》である。

人間が使っている魔法《まほう》動物はほんの一部とされている。とくに、人があまり近づかない森の中には、どんな魔法《まほう》動物が暮《く》らしているかわからない。

「もしかしたら、シューがいなくなったのは魔法《まほう》動物に関係があるのかも」

ファストラが思いつきを口にした。

「あまり適当《てきとう》なことを言わないで」

レインが次々と否定《ひてい》するのは、不安だからである。手がかりがなく、シューデリンが心配でたまらないから、ファストラの無責任《むせきにん》な発言に腹《はら》が立つ。

「じゃあ、人だな。やっぱりネクが怪《あや》しいんじゃないか」

レインがにらむのにかまわず、ファストラは話しつづける。

「あいつは何を考えてるのか、全然わからないんだよな。一人で行かせてよかったのか。でも、おれたちを傷《きず》つける気なら、機会はいくらでもあったからなあ」

「もう知らない」

レインはファストラに背《せ》を向けると、たき火に枝《えだ》をどんどん足しはじめた。シューデリンが迷子《まいご》になっていても、煙《けむり》を見つけられるように、と思ったのである。

「早く帰ってきてよ」

煙《けむり》が目にしみて、涙《なみだ》が出てきた。

6 ❖ 飛空馬《ひくうば》を追って

……くじ引きで最後の見張《みは》りになったとき、シューデリンは心のなかで喜《よろこ》びの声をあげていた。夜が明ける寸前《すんぜん》に、やってみたいことがあったのだ。

順番が来て、ファストラに起こされた。シューデリンは寝起《ねお》きはいいほうではないが、珍《めずら》しくすぐに頭がはっきりしてきた。久《ひさ》しぶりによく眠《ねむ》れたから、気分がいい。

「じゃ、おやすみ」

言うなり、ファストラは寝息《ねいき》をたてはじめた。

その脳天気《のうてんき》な寝顔《ねがお》を見ていると、うらやましくなってくる。

「悩《なや》みとか迷《まよ》いとかないのかな」

一瞬《いっしゅん》そう思ったが、ないはずはないと思う。表に出さないだけだろう。シューデリンも、自分の悩《なや》みを人に打ち明けた経験《けいけん》はない。

「そんなことより……」

シューデリンはつぶやいて立ちあがった。

夜の見張《みは》りはろうそくが燃《も》えつきたら交代だが、最後の見張《みは》りは日がのぼったら、みなを起こす約束になっている。それまでの時間を有効《ゆうこう》に使おう。

まず、火のついた枝《えだ》をたいまつがわりに、この遺跡《いせき》を探検《たんけん》してみる。砦《とりで》には興味《きょうみ》はないが、ところどころにある手のこんだ彫刻《ちょうこく》をじっくりと見てみたかった。

硬《かた》い石を彫《ほ》るのは難《むずか》しく、時間もかかる。こぶしほどの大きさの花の細工をほどこすのに、どれだけの手間がかかることか。帝国《ていこく》の支配《しはい》に抵抗《ていこう》する者たちの拠点《きょてん》だったと、ネクは言ったが、ここは単なる砦《とりで》ではない。生活があったのだと、シューデリンは思う。

シューデリンは小さい頃《ころ》から、父の仕事を見てきた。藍玉《キーラ》の原石をけずって形をととのえ、首飾《くびかざ》りや腕輪《うでわ》に加工する細工師《さいくし》の仕事だ。まるで魔法《まほう》を使ったかのように、父の手は美しい細工物《さいくもの》を生み出す。藍玉《キーラ》は国が管理しているから、出来《でき》がよければ高く売れるというものではない。それでも父が手抜《てぬ》きすることはなかった。うまずたゆまず、父は細工《さいく》をつづけている。その姿《すがた》が、シューデリンは好きだった。

シューデリンの愛馬の鞍《くら》や馬よろいには、シューデリンがつくった飾《かざ》りがついている。手先が器用なシューデリンだが、時間も経験《けいけん》も足りないから、満足のいく出来映《できば》えではない。しかし、父は「上手《じょうず》だね」と言ってくれた。だから、そのままつけている。

シューデリンは急いで馬小屋に向かった。彫刻《ちょうこく》をさがしてはながめていたら、いつのまにか空が白みはじめてきた。

飛びたかったのだ。

シューデリンは戦うのは嫌《きら》いだが、飛ぶのは好きである。飛空馬《ひくうば》と一体になって、風を感じる喜《よろこ》びは、何ものにも変えられない。何日も飛ばないでいると、飛びたくてうずうずしてくる。ファストラとレインは飛ばなくても平気なようで、不思議でならない。

飛空騎士《きし》が夜に飛ぶことはほとんどない。馬は夜でも飛べるが、人のほうが夜目《よめ》がきかなくて、危《あぶ》ないからだ。かつて英雄《えいゆう》リディンはそれを逆手《さかて》にとって、飛空騎士団《きしだん》で夜襲《やしゅう》をかけ、エンデシム軍に大打撃《だいだげき》を与《あた》えたという。

空はほんのりと明るくなっている。今なら飛べる。砦《とりで》の上空を一周して、すぐに戻《もど》り、それからみなを起こせばよい。

シューデリンは愛馬の綱《つな》をほどくと、中庭に出てからまたがった。

「君も飛びたいだろう？」

馬の首をなでながら語りかける。

合図を送ると、シュートは静かに駆《か》け出し、三歩目で宙《ちゅう》に浮《う》いた。円を描《えが》きながら、まだ星の輝《かがや》く空へとのぼっていく。

藍玉《キーラ》なしで飛ぶことに、抵抗《ていこう》はなかった。ないほうが自然なのだから、馬だって不安はないはずだ。

シューデリンは星の光を全身にあびて、大きく深呼吸《しんこきゅう》した。栗色《くりいろ》の短い髪《かみ》がゆれる。心地《ここち》よくて、悩《なや》みや不安が消えていくようだ。

馬の気持ちに任《まか》せて、しばらく空中を散歩する。思ったよりも高く飛べている。ときおり、たき火の明かりをたしかめた。見張《みは》りの役割《やくわり》も忘《わす》れてはいないのだ。

東の空が明るさを増《ま》してきた。まもなく、朝日がのぼってくる。

「そろそろ戻《もど》らないとなあ」

馬首を下に向けたとき、シューデリンは視界《しかい》のはしに動くものをとらえた。

鳥かと思ったが、やけに大きい。

「まさか、飛空馬《ひくうば》？」

シューデリンは目をこらしたが、暗くてはっきりとは見えない。だが、飛空馬《ひくうば》のように思われた。しかも、誰《だれ》かが乗っている。

森に飛空馬《ひくうば》が現《あらわ》れるという情報《じょうほう》は正しかったのだ。乗っているのは、リディンかその夫かもしれない。ここで会えれば、「巨人《きょじん》の椅子《いす》」まで行く手間がはぶける。危険《きけん》で不快《ふかい》な森の旅を終わりにできるのだ。

だが、一人で追うのは危険《きけん》ではないか。仲間を起こすべきではないか。

一瞬《いっしゅん》そう思ったが、迷《まよ》っている暇《ひま》はない。すぐに追わなければ、見失ってしまうだろう。

シューデリンは決断《けつだん》を下した。

飛空馬《ひくうば》らしき影《かげ》は、森に消えようとしている。シューデリンは高度を下げて、あとを追った。

「待って！」

声をかけたが、影《かげ》は答えず、森に沈《しず》んでいく。

日の光が、森に投げかけられた。鳥たちが反応《はんのう》して鳴きはじめる。影《かげ》の形がはっきりと見えた。

飛空馬《ひくうば》にちがいない。乗り手はやや小柄《こがら》に思われた。女性《じょせい》だろうか。リディンの体格《たいかく》を聞いておけばよかった。

シューデリンも飛空馬《ひくうば》のあとを追って森に近づいたが、飛空馬《ひくうば》の姿《すがた》はすでに見えなくなっている。いや、尾《お》が見えた。シューデリンは愛馬の首を軽く押《お》して、速度をあげる。

だが、差は一向に縮《ちぢ》まらなかった。相手はこの辺りを駆《か》けるのに慣《な》れているようだ。空中に道があるかのように、迷《まよ》いなく駆《か》ける。

枝《えだ》をよけながら追うのは無理だ。シューデリンは一度森の上にあがった。上から姿《すがた》が確認《かくにん》できたら、一気に距離《きょり》をつめられる、と思ったのだ。

しかし、シューデリンが上昇《じょうしょう》すると同時に、相手は降下《こうか》したようだった。

「裏目《うらめ》に出ちゃったか」

むしろさばさばとして、シューデリンはつぶやいた。だめならだめで仕方がない。あきらめて戻《もど》ろうと思ったとき、森の中に川筋《かわすじ》が見えた。ははおとなの背丈《せたけ》の倍ほどだが、川の周囲《しゅうい》は木が少ないから、そこが道のように見える。飛空馬《ひくうば》がその川の道を飛んでいる。

「見つけた！」

シューデリンは急降下《こうか》した。体勢《たいせい》を崩《くず》してしまったのは、訓練が足りないからだろう。あるいは、藍玉《キーラ》がないため、シュートが疲《つか》れてきたのかもしれない。

「うわっとっと」

川に突《つ》っこみそうになって、何とか立て直した。川の上に浮《う》いているかたちだ。

飛空馬《ひくうば》はもう見えない。

再《ふたた》び上昇《じょうしょう》しようとしたシューデリンの指示《しじ》に、シュートが抵抗《ていこう》した。シューデリンの注意をうながすように、低くいななく。

シューデリンはそれに気づいて、緊張《きんちょう》に身をこわばらせた。

大蛇《だいじゃ》だ。川の中央で鎌首《かまくび》をもたげ、こちらにねらいを定めている。全身は緑色で、うろこがぬめぬめと不気味に光っている。太さはシューデリンの太ももくらいはありそうだ。長さは川に入っているためわからないが、見えている分だけでもシューデリンの背丈《せたけ》よりはある。

　飛んで逃《に》げられるかどうか。飛空馬《ひくうば》は走りだせば速いが、静止した状態《じょうたい》から飛びあがる瞬《しゅん》発力《ぱつ》には欠ける。

　攻撃《こうげき》して、ひるませてから飛ぶしかない。シューデリンは決断《けつだん》した。槍《やり》は持ってきていないので、剣《けん》を抜《ぬ》く。その瞬間《しゅんかん》、大蛇《だいじゃ》が動いた。

　シュートの前脚《まえあし》に、大蛇《だいじゃ》がからみつく。シューデリンの振《ふ》った剣《けん》は届《とど》かない。

　シュートが激《はげ》しく暴《あば》れる。体勢《たいせい》を保《たも》っていられない。馬から下りて戦うべきだ。シューデリンはみずから命綱《いのちづな》を外して、川に落下した。水音が響《ひび》き、水しぶきが派手《はで》にあがる。

　幸い、川は浅かった。水深はひざまでもない。これくらいの川なら、フィリムにもある。

　シューデリンは立ちあがって剣《けん》をかまえた。

　かすかに足が震《ふる》えている。先日もそうだった。猛獣《もうじゅう》と戦うような訓練はファストラとレインに任《まか》せきりだったので、シューデリンには実戦経験《けいけん》がほとんどない。そのせいで、藍玉《キーラ》を奪《うば》われてしまった。同じ過《あやま》ちを繰《く》り返したくない。だが、経験《けいけん》不足は簡単《かんたん》に解消《かいしょう》できるものではなかった。

大蛇《だいじゃ》はシュートの前脚《まえあし》から首に移《うつ》って絞《し》めあげている。

「こいつめ！」

シューデリンは大蛇《だいじゃ》の胴《どう》に斬《き》りつけた。しかし、分厚《ぶあつ》い皮にはじかれてしまう。剣《けん》の質《しつ》が悪いのか、力が足りないのか。

シューデリンは大蛇《だいじゃ》の顔めがけて、剣《けん》を突《つ》き出した。

大蛇《だいじゃ》が軽く首をひねってよける。と見せかけて、逆《ぎゃく》に噛《か》みついてくる。シューデリンはあわてて剣《けん》を引いた。

大蛇《だいじゃ》が標的を変えた。馬からはなれて、シューデリンめがけて飛びかかってくる。かわすいとまはなかった。

たちまち、シューデリンは大蛇《だいじゃ》に巻《ま》きつかれてしまった。右手は自由なので斬《き》りつけるが、まったく歯が立たない。大蛇《だいじゃ》はぎりぎりと絞《し》めつけてくる。全身が痛《いた》い。

大蛇《だいじゃ》の生臭《なまぐさ》い息が顔にかかる。

絞《し》めつけが強くなった。剣《けん》が手をはなれて川に落ちた。

気が遠くなってきた。全身の骨《ほね》が悲鳴をあげている。

やっぱり自分には無理だった。飛空騎士《きし》になるような器《うつわ》ではないのだ。戦うことなんかできない。父みたいな細工師《さいくし》になりたかった。

「だれか、助けて……」

声を出すのもつらい。シュートが寄《よ》ってきたが、どうすることもできない。大蛇《だいじゃ》に頭突《ずつ》きを試みるが、軽くかわされてしまった。

どこかの骨《ほね》が折れる音がした。

意識《いしき》が遠のいていく……。


「やっぱりおれたちも行こう」

ファストラが勢《いきお》いよく立ちあがった。

「シューは空からどこかへ行った。ネクがいくら森を知っていたって、空から行けるところなら空から行くほうが速いに決まってる」

「わかった」

レインも急いで支度《したく》をはじめる。シューデリンが帰ってきたときのために、地面に枝《えだ》で伝言を残した。

「レース、藍玉《キーラ》がないけど、がんばってね」

レインが愛馬に話しかけていると、ファストラが目を輝《かがや》かせた。

「偽《にせ》案内人に眠《ねむ》らされたとき、レースに呼《よ》ばれたって言ってたよな。シューの馬が助けを求めていたら、わかるのか？」

「近くまで行けばわかるかもしれないけど、あまり期待しないで」

あれ以来、レインの動物と話す能力《のうりょく》は急激《きゅうげき》に成長していた。レースとは会話をするように意思を通じ合わせることができているし、ネクの治癒猿《ちゆざる》の気持ちもわかる。

「鳥とかに聞いてみるのはどう？」

「それは自信ない」

二人は話しながら空に駆《か》けあがった。藍玉《キーラ》があれば、森を一望できるまで上昇《じょうしょう》して異変《いへん》を探《さが》せるのだが、藍玉《キーラ》なしではそこまで視界《しかい》が広がらない。見える範囲《はんい》にシューデリンはいないが、はたしてどこに行ったのか。

南のほうに「巨人《きょじん》の椅子《いす》」が見えた。森の中にそそり立つ緑の台地だ。たしかに、巨大《きょだい》な丸椅子《いす》のようである。

二人の周りにはたくさんの鳥が飛んでいる。赤や緑や黄色、色とりどりの美しい鳥のなかに、黒い森鴉《もりがらす》もいたので、レインは目をそらした。長年の習慣《しゅうかん》で、ついそうしてしまう。

小鳥たちが飛空馬《ひくうば》に興味津々《きょうみしんしん》で近づいてくる。レインの周りを囲《かこ》むように飛びながらさえずる。

レインは試《ため》しに聞いてみた。

「空飛ぶ馬を見なかった？」

心で直接《ちょくせつ》話しかけるので、口に出す必要はないのだが、思うだけより実際《じっさい》に語りかけたほうがやりやすい。

なかなか話が通じない。

〈馬大きいね〉

〈お腹減《なかへ》った〉

〈あっちに鷹《たか》がいた〉

伝わってくるのはそういう内容《ないよう》ばかりだ。それでも、火炎犬《かえんけん》に語りかけたときよりは、手応《てごた》えがある。

辛抱《しんぼう》強く語りかけていると、小さな青い鳥が答えてくれた。

〈川で見た〉

「川ってどこ？」

もっと上にあがれば見えるだろうに、と思うともどかしい。

青い鳥は首をよじって一方を指す。

「ありがとう！」

鳥と話せた。シューデリンの手がかりを得《え》られた。二重の喜《よろこ》びにつつまれて、レインは声をはずませた。

「ん？　何かわかったのか」

ファストラが馬を寄《よ》せてきた。レインが説明すると、目を丸くする。

「すごいな。本当に鳥と話せたのか」

「うん、私《わたし》もおどろいている。これでシューが見つかればいいけど」

二人は鳥がしめす方向に飛んだ。しばらくすると、川が見えてきた。

川はばは馬が軽く跳《と》びこえられそうなほどで、大きな川ではない。上空まで来て、ファストラは首をひねった。

「上流か下流か、どっちだろう」

レインが即答《そくとう》する。

「上流。『巨人《きょじん》の椅子《いす》』に近いほう」

シューデリンも目的地からはなれるほうには行かないだろう、という読みだ。

くねくねと曲がる川の上を、二人は並《なら》んで駆《か》けた。

「いた！」

ファストラが先に見つけた。レインが小さく叫《さけ》び声をあげる。

大蛇《だいじゃ》がシューデリンを頭から飲みこもうとしていた。シューデリンは胸《むね》から下を大蛇《だいじゃ》に巻《ま》きつかれている。目を閉《と》じてぐったりしており、意識《いしき》はなさそうだ。

「おれが行くから、レインはシューを頼《たの》む」

ファストラが槍《やり》をかまえて突《つ》っこむ。

大蛇《だいじゃ》がファストラに気づいて、牙《きば》をむいた。大口を開けて跳《と》びかかってくる。

解放《かいほう》されたシューデリンが倒《たお》れる。倒《たお》れたのは愛馬シュートの背《せ》の上である。シュートは川の中で脚《あし》を折り曲げて、シューデリンを受けとめたのだ。

「シュート、こっちへ」

レインが岸へ誘導《ゆうどう》する。

ファストラは迫《せま》りくる大蛇《だいじゃ》の口に向かって、槍《やり》を突《つ》き出した。大蛇《だいじゃ》が寸前《すんぜん》で右にかわす。

いったん川に落ちたが、すぐにまた身を起こす。

「大蛇《だいじゃ》と虎《とら》はどっちが強いのかな」

ファストラは不敵《ふてき》に笑った。どんな敵《てき》が相手でも、ひるみもあせりもしない。むしろ落ちついて、勝負を楽しむ。それがファストラだ。

大蛇《だいじゃ》が黄色いつばを吐《は》いた。

「毒《どく》か!?」

ファストラはとっさに左腕《ひだりうで》をあげて目をかばった。つづく攻撃《こうげき》を予測《よそく》して、ななめ前に出る。すれちがうようにして、大蛇《だいじゃ》の攻撃《こうげき》をかわしたのだ。足だけで馬を自在《じざい》にあやつったところは、歴戦《れきせん》の飛空騎士《きし》のようだった。

ファストラと大蛇《だいじゃ》は再《ふたた》び向き合った。先に動いたのは大蛇《だいじゃ》だった。牙《きば》をむいておそいかかってくる。ファストラはそれを待っていた。

「攻撃《こうげき》が単純《たんじゅん》なんだよ」

ぎりぎりまで引きつけて、槍《やり》を突《つ》き出す。真《ま》っ赤《か》な口の中に槍《やり》が吸《す》いこまれる。たしかな手応《てごた》えがあって、槍《やり》は大蛇《だいじゃ》の後頭部に突《つ》き抜《ぬ》けた。大蛇《だいじゃ》がシャーシャーと音を出して激《はげ》しくもだえる。

ファストラは追撃《ついげき》のため槍《やり》を抜《ぬ》こうとしたが、なかなか抜《ぬ》けない。大蛇《だいじゃ》は尻尾《しっぽ》をファストラの右腕《みぎうで》に巻《ま》きつかせた。そのまま腕《うで》を折ろうと絞《し》めつけてくる。

ファストラは次の行動に迷《まよ》った。馬に乗っているため、足の踏《ふ》ん張《ば》りがききにくいが、飛《ひ》空馬《くうば》から下りるには、命綱《いのちづな》を外さなければならない。

「ええい！」

ファストラは自由な左手で剣《けん》を抜《ぬ》いた。大蛇《だいじゃ》ののどに突《つ》っこみ、回転させる。血がふきだして、顔にかかった。絞《し》めつけられている右腕《みぎうで》が痛《いた》い。かまわずに左手の剣《けん》をぐりぐりとかきまわす。絞《し》めつけがゆるくなってきた。

「さすがおれだな」

ファストラは右腕《みぎうで》を振《ふ》りまわして大蛇《だいじゃ》を外した。剣《けん》で大蛇《だいじゃ》の上あごを切り裂《さ》いて、槍《やり》を引き抜《ぬ》く。大蛇《だいじゃ》は力を失って、川に落ちた。そのまま下流に流されていく。

「シュー、大丈夫《だいじょうぶ》か」

ファストラは岸に着地して馬を下りた。

シューデリンは土の上に寝《ね》かせられている。意識《いしき》はなかった。顔には血の気がなく、手足は青黒い。かすかに胸《むね》が上下しているが、だんだんと動きが小さくなっているように思えた。状態《じょうたい》はきわめて深刻《しんこく》だった。

「なあ、これって……」

ファストラは言葉がつづけられなかった。見守るレインは、苦しげに眉《まゆ》をひそめている。手のほどこしようがない。

「シュー、しっかりしろ」

ファストラがシューデリンに手を伸《の》ばしたとき、するどい声が響《ひび》いた。

「さわるな！」

下流からしぶきを飛ばして走ってきたのは、ネクであった。その肩《かた》に、小さな猿《さる》が乗っていた。

3章
巨人《きょじん》の椅子《いす》

1 ❖ 無口な案内人

シューデリンは目を開けた。

かすむ視界《しかい》がだんだんとはっきりしてくる。誰《だれ》かの顔があった……レインだ。

「え……？」

口を動かすと同時に、レインの喜《よろこ》びの声がはじけた。

「シュー！　気づいたのね」

「よかったあ」

ファストラが大きく息をついた。レインの目からは涙《なみだ》があふれている。

シューデリンはまだ状況《じょうきょう》がつかめていなかった。

「えっと、あたしは蛇《へび》と戦っていて……」

「蛇《へび》ならおれが倒《たお》したぞ」

「で、あたしを助けてくれたの？」

起きあがろうとしたシューデリンは、全身の痛《いた》みに顔をしかめた。腹《はら》の辺りに白い光の球がのっている。その光の球は、小さな猿《さる》の手につつまれている。

「まだ動くな」

案内人のネクが感情《かんじょう》のこもらない声で告《つ》げた。

シューデリンは草の上に寝《ね》かされていた。心臓《しんぞう》がひとつ打つごとに、痛《いた》みが引き、体力が戻《もど》ってくるように感じられる。記憶《きおく》もよみがえってきた。大蛇《だいじゃ》に巻《ま》きつかれて気を失ったのだ。もう少しで死ぬところだったのだろう。

愛馬シュートがシューデリンの顔をのぞきこんできた。

「よかった。シュートも無事だったんだ。ありがとう、ファス、レイン」

シューデリンは治癒猿《ちゆざる》の背《せ》に手を伸《の》ばした。

「この子が治してくれてるのね」

レインが涙《なみだ》をぬぐってネクに言った。

「もうだめかと思っていました。治癒猿《ちゆざる》は主人じゃなくても治せるのですね」

「すべての治癒猿《ちゆざる》が治せるわけじゃない。おれとこいつだからできる」

ネクは治癒猿《ちゆざる》に愛情《あいじょう》のこもった視線《しせん》を向けている。

光の球が薄《うす》くなり、シューデリンの身体《からだ》に吸《す》いこまれるように消えた。

「もういいだろう。立ってみろ」

シューデリンはおそるおそる立ちあがった。立ちくらみがして少しよろめいたが、踏《ふ》ん張《ば》ることができた。痛《いた》みはほとんどない。

「平気みたい。普通《ふつう》に動けそう」

「すごいな。全身の骨《ほね》が折れてるみたいだったのに」

ファストラが目を丸くしている。

「歩けるなら、いったん砦《とりで》に引き返すぞ」

ネクが歩きだした。「巨人《きょじん》の椅子《いす》」には近づいているのだが、荷物を置いてきているので、戻《もど》るしかない。

「少し休んだほうがいいんじゃない？」

レインが気づかったが、シューデリンは首を横に振《ふ》った。

「身体《からだ》が軽いんだ。充分《じゅうぶん》に寝《ね》て起きたときみたい。それに、あたしだっていちおう、責任《せきにん》を感じてるからね。これ以上、遅《おそ》くなるとまずいでしょ」

馬を連れて歩きながら、三人は別れている間の出来事を語りあった。

「へえ！　鳥と話せたんだ。すごい。将来《しょうらい》、魔法《まほう》動物を使う飛空騎士《きし》になるかもね」

そう言われると、逆《ぎゃく》に不安になるレインである。

「やりすぎると団長《だんちょう》に怒《おこ》られるから、ほどほどにしないとね」

「そんなの、気にしないほうがいいよ。親に逆《さか》らって子は育つんだから」

「でも、シューは親と仲がいいでしょ」

シューデリンは苦笑《くしょう》する。

「うちの親は変わってるから」

シューデリンは飛空騎士《きし》の子にしては珍《めずら》しく、軍学校に行かず、町の私塾《しじゅく》で学んでいた。

シューデリンが近所の子といっしょに学びたがったから、というのが理由だが、兄が十八歳《さい》で戦死した直後のことだったから、親は飛空騎士《きし》や軍と距離《きょり》をおきたかったのだろう。

シューデリンがそういう親の影響《えいきょう》を受けているのはまちがいない。

「それはともかく、あたしは明け方、シュートと辺りを飛んでみたんだけど……」

シューデリンは飛空騎士《きし》を見かけたことを語った。

「……というわけだから、飛空騎士《きし》がいるのはまちがいない。まるっきり手ぶらで帰るはめにはならなそうだね」

ファストラが首をひねった。

「慎重《しんちょう》な言い方をしてるけど、リディンじゃないってことがあるんだろうか」

「そりゃあるでしょ。たとえば、リディンの子どもかもしれない」

レインに指摘《してき》されて、ファストラは手をたたいた。

「そうか、その可能性《かのうせい》があるな。すると飛空騎士《きし》どうしの子か。どれだけ強いんだろう？　勝負してみたいな」

「勝負はともかく、他にはいないわけだから、どんな子か、興味《きょうみ》はあるよね」

「英雄《えいゆう》の子どもなんて、意外と臆病者《おくびょうもの》かもよ。あたしより弱かったりして」

シューデリンが笑った。すっかり元気になっている。

一瞬《いっしゅん》の間《ま》をおいて、ファストラが同意した。

「そういえばそうだよな。親の血ですべて決まるなら、レインなんかもっとごつくなるはずだし」

レインは眉《まゆ》をひそめた。

「私《わたし》は母親似《に》だから」

言葉が出たとたん、嫌《いや》な気持ちになった。母似《に》と言われるのが好きではないのに、自分で言ってしまった。

シューデリンが何気《なにげ》なく口にする。

「そういえば、レインのお母さんはきれいな人だよね。うらやましい」

「そういうつもりで言ったんじゃないの」

レインは強く否定《ひてい》した。シューデリンがおどろいているのに気づいて、あわてて謝《あやま》る。

「ごめん。えっと、団長《だんちょう》みたいに、槍《やり》も弓も上手《じょうず》だったらいいのに、と思っているから」

「うん、そうだね。あたしも父さんみたいに細工《さいく》が上手《じょうず》になりたいし」

「おれはじいさんに似《に》てるって言われるぞ。別に血はつながってないんだけどな」

ファストラが大声で笑う。気を使っているのか、単に思いついたことを言っているだけなのか。たぶん後者だろうと思って、レインは微笑《びしょう》した。ファストラは両親の顔をおぼえていないはずだが、まったく屈託《くったく》がない。そういうところが、この大柄《おおがら》な少年の魅力《みりょく》であった。

翌日《よくじつ》になると、木々の間から「巨人《きょじん》の椅子《いす》」がはっきりと見えてきた。森で一番高い木の二倍、いや三倍くらいの高さがあるだろうか。人がつくる塔《とう》などよりはるかに高く、大地溝《だいちこう》のフィリム側よりも急な崖《がけ》がそそり立っている。ほとんどまっすぐ立っている印象《いんしょう》だ。大地《だいち》溝《こう》と違《ちが》って緑色に見えるのは、草木やコケにおおわれているからだという。

見習い騎士《きし》たちは、東側から「巨人《きょじん》の椅子《いす》」に近づいた。真下にたどり着いたのは夕方で、崖《がけ》は日陰《ひかげ》になっている。曲がりくねった木の根や、ごつごつした岩と土の壁《かべ》が、黒々と浮《う》きあがっていて、ひどく不気味である。

ファストラが左右に目をやって言った。

「さっそく飛んでみるか。まず崖《がけ》に足場をさがそう」

崖《がけ》の近くは木がまばらで、飛空馬《ひくうば》が飛ぶのに障害《しょうがい》はなさそうだ。

「暗いから危《あぶ》ない。明日の朝になってからのほうがいいよ」

レインが引きとめると、シューデリンも熱心に同意した。

「試《ため》しに飛ぶだけなんだけどなあ。まあ、仕方ないか」

ファストラはしぶしぶしたがった。暗いなかで飛んでも、中継《ちゅうけい》地点をさがすのは難《むずか》しい。

たとえ「巨人《きょじん》の椅子《いす》」に到達《とうたつ》しても、何もできないだろう。

案内人のネクが告《つ》げる。

「朝まではつきあってやる。それでおれの仕事は終わりだ」

「ありがとうございます。お世話になりました」

レインがきまじめに礼を述《の》べた。

ファストラが首をかしげる。

「帰りはどうすればいいんだ？」

ネクがそっけなく言う。

「飛べばいい。森を出るだけなら方向はわかるだろう。飛空馬《ひくうば》が疲《つか》れたら、川にでも降《お》りればいい」

「あの……」

レインがためらいがちに切りだした。

「森の住人というのは、どの辺りに住んでいるのでしょうか」

「それを知ってどうする？」

「藍玉《キーラ》を取り返しに行く」

答えたのはファストラだ。レインがつけくわえる。

「実力で取り戻《もど》そうとは思っていません。何とか話し合いで返してもらえないかと」

ファストラが眉《まゆ》をひそめた。

「話し合う必要なんかないだろ。向こうが悪いんだから」

「簡単《かんたん》に勝てると思ってるわけ？」

レインが問うと、ファストラは一瞬《いっしゅん》、言葉につまった。

「……いや、でも、あのときは不意打ちで、おれは武器《ぶき》も持っていなかったから……」

「そもそも、敵《てき》の人数も装備《そうび》も何もかもわからない状態《じょうたい》で、取り返すなんて言えないでしょ」

「だからといって、得体《えたい》の知れないやつら相手に、話し合いは無理だ」

「はいはい、今は喧嘩《けんか》してる場合じゃないよ」

シューデリンが割《わ》って入った。

「その様子だと、何も情報《じょうほう》は与《あた》えられないな」

ネクは相変わらず冷たかったが、かすかに苦笑《くしょう》を浮《う》かべたようにも見えた。

「そこを何とか」

食い下がるファストラを、ネクは一蹴《いっしゅう》した。

「へたすると死ぬぞ」

「ずいぶんと、あたしたちのことを気にかけてくれるんだ」

シューデリンがぽつりともらすと、ネクは顔をしかめた。

「死なれると寝覚《ねざ》めが悪い」

そう言って目をそらし、野営《やえい》の準備《じゅんび》をはじめる。

翌朝《よくあさ》、見習い騎士《きし》たちが起きると、最後の見張《みは》り番《ばん》だったネクは姿《すがた》を消していた。別れも告《つ》げずに去っていったのである。ファストラの横に、赤や黄の果物《くだもの》が山と積まれていた。

2 ❖ 感じの悪い男

あいにくの曇《くも》り空であった。濃《こ》い灰色《はいいろ》の雲は分厚《ぶあつ》く、今にも雨が降《ふ》りだしそうだ。

ファストラが空を見あげて顔をしかめた。

「降《ふ》る前にのぼってしまいたいな。急ごう」

三頭の飛空馬《ひくうば》が同時に大地を蹴《け》った。ゆっくりと高度をあげていく。

崖《がけ》を近くで見ると、意外にでこぼこがあった。一頭分の足場なら、苦労せずに見つかりそうだ。

「おれ、もう無理だ」

半分も行かないうちに、ファストラが足場に下りた。ファングは小さな出っぱりに、きゅうくつそうに立ち、ファストラは木の根をつかんでいる。ファングがいやいやをするように首を振《ふ》った。

「そう怒《おこ》るなって」

ファストラが声をかけたとき、ファングが脚《あし》をすべらせた。足場が崩《くず》れ、崖《がけ》をすべり落ちていく。

「うわっと」

ファストラがつかんでいた木の根はぽきりと折れた。ファストラは空中で仰向《あおむ》けになり、命綱《いのちづな》でファングと結ばれたまま宙《ちゅう》に投げ出された。ほとんど垂直《すいちょく》の崖《がけ》にぶつかりながら落ちていく。

「まずい!」

レインとシューデリンが急降下《こうか》した。ファングは懸命《けんめい》に体勢《たいせい》を立て直して飛ぼうとするが、ファストラの体が右に左にはねるので、うまくいかない。ファストラは腕《うで》をあげて頭を守るのがせいいっぱいで、傷《きず》だらけになっている。このまま下まで落ちたら、命が危《あぶ》ない。追いついたレインが右手でファストラの命綱《いのちづな》をつかんだ。だが、支《ささ》えきれない。人馬とも引きずられるように落ちていく。

「レイン、こっちに左手ちょうだい」

シューデリンがレインの左手をにぎる。レインは苦しい体勢《たいせい》になったが、両足で鞍《くら》をはさみ、背筋《せすじ》に力を入れて、必死に耐《た》えた。

ファストラは二頭の飛空馬《ひくうば》に引きあげられるかたちになって、ようやく落下がとまった。

ファングも落ちついたようだ。

シューデリンが大きな息をつく。

「このままゆっくり降《お》りよう。レインは平気？」

「ちょっと厳《きび》しいかも……」

レインの端整《たんせい》な顔がゆがんだ。

ファストラが愛馬に声をかける。

「ファング、頼《たの》む」

空中で体勢《たいせい》を戻《もど》したファングが、ファストラの下にまわった。ファストラは手綱《たづな》をにぎり、足をあぶみにかけた。

「ありがとう。おれはもう大丈夫《だいじょうぶ》。宙《ちゅう》づりには慣《な》れてるんだ」

「こっちは慣《な》れてないいんだよね。ファスは重すぎ」

シューデリンがつぶやく。レインは腕《うで》をさすりながら、呼吸《こきゅう》をととのえている。

地面に降《お》りた三人は、まず革袋《かわぶくろ》の水を飲んで、人心地《ひとごこち》ついた。それから、ファストラの傷《きず》をあらためる。よろいは傷《きず》だらけになっており、顔や腕《うで》のすり傷《きず》には血がにじんでいるが、大怪我《けが》はなかった。ファングはほとんど無傷《むきず》である。

「ふ、おれは無敵《むてき》なんだ。さあ、気を取り直して、今度こそあがろう」

馬に乗ろうとしたファストラを、レインがにらんだ。

「同じ失敗を繰《く》り返すつもり？　何かいい方法を考えないといけないでしょ」

「そうは言ってもなあ。急にやせるのは無理だぞ。心配するな、ファングが次はうまくやってくれるさ」

ファングがいなないて不満をあらわした。

「たぶん重さが問題なのだから、ファスの荷物を私《わたし》たちが持とうか」

「それはちょっとなあ」

ファストラが顔をしかめた。

シューデリンが提案《ていあん》する。

「さっきの感触《かんしょく》だと、あたしは上まで一気にあがれるよ。シュートだけ降《お》ろすから、荷物を運んでもらったらどうかな。レインに下で指示《しじ》してもらって」

「いいね。それでいこう」

シューデリンとレインがすばやく作戦をまとめた。ファストラはしたがうしかない。

まずシューデリンがあがって、休みなしで頂上《ちょうじょう》にたどり着いた。

いや、頂上《ちょうじょう》という表現《ひょうげん》は正確《せいかく》ではない。「巨人《きょじん》の椅子《いす》」の上には平地が広がり、中央部は一段《いちだん》高い山になっている。平地は草木におおわれているが、丈《たけ》の高い木は少なく、下の森ほど緑が濃《こ》くない。ごつごつとした岩が目立っていて、でこぼこが多いが、馬を走らせることもできそうだ。

「巨人《きょじん》の椅子《いす》」全体の広さはどれくらいだろうか。馬で行けば、山まで半日はかからないように思える。

シューデリンは馬を下りた。シュートがから馬のまま地上に降《お》りていく。やや時間をおいて、再《ふた》びあがってきたとき、シュートはファストラの荷物を乗せていた。つづいて、レインとファストラがあがってくる。

飛空馬《ひくうば》を休ませたあと、三人は再《ふた》び飛んで「巨人《きょじん》の椅子《いす》」を見わたした。それに最初に気づいたのはファストラだった。

「家がある！」

声がはずんだ。

中央に向かって少し進んだところに、丸木でつくられた小屋が確認《かくにん》できた。小さくて簡素《かんそ》なつくりだったが、人間の手によるものにまちがいない。あの崖《がけ》を人が登るとは思えないから、小屋の主《ぬし》は空を飛べるにちがいない。おそらく飛空騎士《きし》だ。

小屋の位置を頭に入れて、三人は地上に降《お》りた。

「すぐに行きたいところだけど、馬が心配ね」

レインが眉《まゆ》をくもらせた。飛空馬《ひくうば》に負担《ふたん》をかけすぎて、いざというときに飛べなくなっては困《こま》る。

「少し休んで、歩いていこう」

ファストラはさっと馬を下りた。昼にはまだ早いが、パンと干《ほ》し肉で食事をとってから、歩きだす。

歩いてみると、ごつごつした岩場があったり、小さな川にはばまれたりして、簡単《かんたん》には進めない。それでも、だんだんと平らな土の部分が増《ふ》えて、歩きやすくなってきた。

「おっと」

先頭のファストラが裏返《うらがえ》った声をあげた。目の前のやぶから鳥が飛び出てきたのである。

地走鳥《じそうどり》だ。羽根は黄色く、丸っこい体型《たいけい》の鳥だが、低くしか飛べない。地面を走るように移動《いどう》する。

緊張《きんちょう》が走る。見た目はかわいらしいが、危険《きけん》な魔法《まほう》動物かもしれない。ファストラが背中《せなか》の槍《やり》をとってかまえた。

地走鳥《じそうどり》は逃《に》げようとしない。丸い目でファストラを見あげている。

「何なんだ？　敵意《てきい》は感じないが」

ファストラは槍《やり》をおろし、レインに場所を替《か》わった。レインはしゃがみこんで、地走鳥《じそうどり》と目線を合わせる。

すると、地走鳥《じそうどり》が右手の方角に歩きだした。形が丸いので、歩いていても球が転がるように見える。

レインがかわいらしさにほおをゆるめていると、地走鳥《じそうどり》が足をとめた。首は体にうもれているが、目とくちばしがこちらを向いたので、振《ふ》り返ったのだとわかる。

〈ついてきて〉

そういう気持ちが伝わってきた。

「どこかに案内したいみたい」

レインは地走鳥《じそうどり》を追いかけた。愛馬の手綱《たづな》をひいて、小走りに駆《か》ける。

「おい、小屋は？」

ファストラは眉《まゆ》をひそめたが、シューデリンもレインにつづいた。

「呼《よ》ばれてるんだから、行ってみようよ」

残されたファストラは、ファングと顔を見あわせた。

「仕方ないな」

つぶやいて、女子たちのあとを追う。

背《せ》の低い木の間をぬって進むと、急に視界《しかい》が開けた。こぢんまりとした池が広がっている。池のほとりに男がすわっていて、釣《つ》り糸をたれていた。太ってもやせてもおらず、背丈《せたけ》も人並《ひとな》みで、体型《たいけい》に特徴《とくちょう》はない。やや猫背《ねこぜ》だが、老人ではなさそうだ。

地走鳥《じそうどり》は男のもとへ駆《か》け寄《よ》っていく。

見習い騎士《きし》たちは、しばらく立ちつくしていた。三人とも、心の準備《じゅんび》ができていなかった。リディンに会ったら何とあいさつしようか、とは考えていたが、リディン以外に会ったときのことは頭から抜《ぬ》けていた。リディンの夫のエジカか、あるいは二人の子どもだろうか。

とまどいとおどろきを振《ふ》りはらって、ファストラが進み出た。

「えっと、すみません」

声をかけたが、男は反応《はんのう》しない。言葉が通じないのだろうか。だが、それにしても、ファストラの声は必要以上に大きいから、呼《よ》びかけていることはわかるはずだ。

ファストラは首をかしげて、さらに声を張《は》りあげた。

「ちょっといいですか！」

男は振《ふ》り返らずに応《おう》じた。

「うるさいなあ。魚が逃《に》げるじゃないか」

「あ、すみません」

ファストラはすなおに謝《あやま》って、男に近づいた。

「あの、おれたちはフィリムの飛空騎士《きし》です。おれはファストラ。こっちはレインとシューデリン。お話しさせてもらってもいいでしょうか」

男は池のほうを向いたままである。

「見習い騎士《きし》だろ。飛空騎士《きし》に、こんなところに来る暇《ひま》はないはずだ」

レインがファストラの手をつかんで引いた。怒《おこ》りだす前に替《か》わろうというのだ。たしかに、ファストラは声を荒《あら》らげる寸前《すんぜん》だった。

「こっちが礼儀《れいぎ》正しくあいさつしてるのに、あの言い方はないだろ」

ファストラなりに声を抑《おさ》えているが、まちがいなく聞こえている。

「まあまあ、向こうにも事情《じじょう》があるかもしれないから」

シューデリンがファストラをなだめる間に、レインは男のすぐ後ろまで進んだ。

「フィリム語を話されるのですね」

男の肩《かた》がぴくりと動いた。先ほどのファストラとの会話は、エンデシム語ではなく、フィリム語だった。やはりリディンに縁《ゆかり》のある者だろう。ただ、周りに飛空馬《ひくうば》はいない。飛空騎士《し》ではないのかもしれない。

「だとしたら何だ?」

「私《わたし》たちは、英雄《えいゆう》リディンをたずねてこの地にやってきました」

男がようやくレインを振《ふ》り返った。

年の頃《ころ》は二十代前半だろうか。目鼻立ちのととのった美男だが、皮肉っぽい目つきが評価《ひょうか》を下げるかもしれない。ひげはあごにうっすらと生えているだけだ。フィリム人とは雰囲気《ふんいき》が違《ちが》うが、かといってエンデシム人にも見えない。どこか浮《う》き世《よ》ばなれしていて、別世界の住人のようにも思える。

「私《わたし》はシルカ。そうだな、この地の守り手とでも言っておこう」

シルカという名前はフィリム風だ。名乗った男は釣《つ》り竿《ざお》を引きあげて、見習い騎士《きし》たちに体を向けた。

「あいにくだが、リディンは誰《だれ》にも会わないよ」

「やはりリディン様はここにいるのですね」

レインは目を輝《かがや》かせた。

「父の、いえ、フィリム騎士団長《きしだんちょう》の命がかかっているのです。お願いですから取り次いでいただけませんか」

「無理だね」

シルカの返答にはとりつく島がない。

「どうしてでしょうか。リディン様はまだフィリムをうらんでいるのですか？」

「そんな器《うつわ》の小さい人間が英雄《えいゆう》と呼《よ》ばれることはないだろうね」

わかりにくい表現《ひょうげん》だが、うらんではいないらしい。レインは攻《せ》める方向を変えてみた。

「石化の呪《のろ》いをとく方法を知りませんか。リディン様もかつて呪《のろ》いにかかったらしいのですが」

「そのとき、私《わたし》は生まれていないから、知っているはずはない。だが、解呪《かいじゅ》のできる魔法《まほう》動物なら心当たりがある」

レインは半歩、進み出た。

「助けてください。その魔法《まほう》動物を貸《か》してもらえませんか」

「貸《か》してやって、私《わたし》に何の得《とく》があるのかな」

シルカの秀麗《しゅうれい》な顔には、苦笑《くしょう》が浮《う》かんでいた。

「もちろん、代金はお支払《しはら》いします」

「金に興味《きょうみ》はない」

たしかに、この地では金の使い道に困《こま》るだろうが、もっと歩《あゆ》み寄《よ》ってくれてもいいのでは

ないか。レインは相手の態度《たいど》にむっとしつつ、辛抱《しんぼう》強く交渉《こうしょう》をつづけた。

「ギルス帝国《ていこく》が攻《せ》めてきたのはご存《ぞん》じでしょうか」

「ああ」

意外なことに、シルカはうなずいた。ここは陸の孤島《ことう》ではなく、人の往《ゆ》き来《き》があるのだろうか。

「この地を守るのが役割《やくわり》なら、帝国《ていこく》と戦う私《わたし》たちに力を貸《か》してくださいませんか」

「帝国《ていこく》がこんなところに来るとは思えないな」

「でも、この大陸が帝国《ていこく》に占領《せんりょう》されたら、きっと居心地《いごこち》が悪くなりますよ」

シルカは軽く目をみはって、レインを見つめた。

「なるほど、居心地《いごこち》が悪くなるか。君はなかなかおもしろいことを言う。では、後ろの二人もたいくつしてきたことだろうから、ひとつ試《ため》してみようか」

「試《ため》す？」

すかさず反応《はんのう》したのはファストラである。

「そうだ。君たちに実力があるなら、リディンのもとに案内しよう。解呪《かいじゅ》についても、相談にのる」

「やっぱりリディンはいるんだ」

ファストラが声をはずませた。

「で、何を試《ため》すんだ。戦いなら、望むところだぞ」

「けど、案内する気があるなら、試《ため》す必要はないんじゃない？」

シューデリンが口をはさんだ。

「だめならだめ。いいならいい。あたしたちの力なんか関係ないでしょ。そもそも会うか会わないかは、リディン様が決めることじゃないの？」

「おい、よけいなこと言うなって」

ファストラがとめたが、シルカに腹《はら》を立てた様子はなかった。口もとには、かすかな笑《え》みがきざまれている。

「そのとおり。会うか会わないかはリディンが決める。リディンのもとに案内するかどうかは私《わたし》が決める。そもそも、部外者を案内する許《ゆる》しはもらってないんだ。だけど、君たちに熱意と実力があれば、案内する。これは私《わたし》の純粋《じゅんすい》な好意だ」

「理屈《りくつ》はいいから、さっさとやろうぜ」

「あたしは反対。この人は信用できるの？」

ファストラとシューデリンが、同時にレインを見た。

「熱意と実力を要求するのはなぜですか」

レインがたずねると、シルカは含《ふく》み笑いで答えた。

「そうだな。たとえば、戦《いくさ》の最中に大事な魔法《まほう》動物を貸《か》すとしたら、無事に戻《もど》ってくるか心配するのは当然だろう。君たちが有能《ゆうのう》なら、少しは安心できるというものだ」

どうも建前に思える。レインは眉《まゆ》をひそめたが、理屈《りくつ》はいちおう通っている。

「信用できるかどうかは別として、話に乗るしかないと思う。この人は私《わたし》たちを待っていた。だって、地走鳥《じそうどり》が私《わたし》たちを連れてきたのは、この人の指示《しじ》でしょう。いろいろ言うけど、私《わたし》たちと話をするつもりはあるのだと思う。それに、この話を断《ことわ》ったら他に道はなくなってしまう」

シルカがうなずいた。

「するどい分析《ぶんせき》だ。ただし、正しいとはかぎらない」

ファストラは手をたたいている。

「とにかく二対一だ。試《ため》されてやろうじゃないか。シュー、いいな」

「いいけど、ファスがやってね」

「悪いが、三人ともそれぞれ一人で行ってもらう」

「えー、ひどい」

シューデリンが口をとがらせた。

シルカは抗議《こうぎ》を無視《むし》して、釣《つ》り道具をまとめると、さっさと歩きだした。腰《こし》につるした魚籠《びく》には数匹《ひき》の魚が入っている。そのうちの小さな一匹《ぴき》を、シルカは地走鳥《じそうどり》に放った。地面に落ちた魚を、地走鳥《じそうどり》がつつく。

見習い騎士《きし》たちは飛空馬《ひくうば》の手綱《たづな》をひいて、シルカにつづいた。

3 ❖ くじ

シルカが三人を導《みちび》いたのは、上から見つけていた小屋であった。農作業の休憩《きゅうけい》に使っているのだろうか。周りは畑のようで、整理された区画に作物が植えられている。小屋の中は殺《さっ》風景《ぷうけい》で、すきやくわ、麻袋《あさぶくろ》などが置かれている他は、卓《たく》と椅子《いす》があるくらいだ。

小屋の外には馬がつながれていたが、鞍《くら》などの装備《そうび》は飛空馬《ひくうば》用ではなかった。やはりシルカは飛空騎士《きし》ではないのだろう。シューデリンが見た飛空騎士《きし》は別にいるということだ。

「君たちには一人ひとつずつ、必要なものをとってきてもらう。期限《きげん》は日没《にちぼつ》までだ。今、昼を過《す》ぎたくらいだから、充分《じゅうぶん》に時間はある」

シルカは椅子《いす》にすわって説明した。

「くじを引いてもらおう」

卓《たく》の上に、手のひら大の三枚《まい》の札が裏返《うらがえ》して置かれた。占《うらな》いに使う木札のようだ。

「用意がよすぎるんじゃない？」

シューデリンのつぶやきを無視《むし》して、シルカはファストラを見やった。

「よし、おれからだな」

ファストラは真ん中の札をとった。ひっくり返すと、水色のしずくが描《えが》かれていた。

「水の札か。では、君にはキイロオグロドリの巣をとってきてもらおう。この地図の印の場所にある」

ファストラはぼろぼろの紙に描《か》かれた地図を受けとった。「巨人《きょじん》の椅子《いす》」の地図のようだ。今いる小屋や、シルカに会った池、中央の山などが簡単《かんたん》に描《か》かれており、川らしき線の上に星印がつけられている。空から見れば、場所はすぐにわかりそうだ。

つづいて、レインが札を引いた。赤い太陽の印《しるし》が記されている。

「ヒイロバナをつんできてくれ。場所は彼《かれ》が案内してくれる」

地走鳥《じそうどり》がレインの横についた。

残ったシューデリンに、シルカは問いかけた。

「命をかける覚悟《かくご》はあるかい？」

シューデリンは半歩、あとずさった。

「ない」

表情《ひょうじょう》は自信なさそうだが、返答ははっきりしている。シルカは何か確認《かくにん》するように二度うなずいた。

「それもまたいいだろう。だからといって、課題の内容《ないよう》は変わらない。果樹園《かじゅえん》から蜜桃《みつもも》をとってくるのだ。場所はあとで教える。せいぜい命を大事にすることだ」

「危険《きけん》ならおれが代わろう」

ファストラが申し出たが、シルカは首を横に振《ふ》った。

「くじの結果は動かせない。また、君は自分の心配をしたほうがいい」

ファストラは眉《まゆ》をひそめたが、すぐに気を取り直した。

「じゃあ、おれはさっさと自分の用を終わらせて、シューを手伝う。それならいいだろう？」

「できるものなら、そうするがいい」

よし、とつぶやいて、ファストラは小屋を飛び出そうとした。が、出る寸前《すんぜん》で急停止《ていし》して、シューデリンを振《ふ》り返る。

「そういうことだから、絶対《ぜったい》に無理するなよ」

「あ、うん」

返事を待たずに、ファストラは出発している。

レインはけわしい表情《ひょうじょう》でその背中《せなか》を見送った。気になることがいくつもあった。

そもそも、これは本当にくじ引きの結果なのだろうか。それぞれの試練は最初から決まっていて、引いた札に当てはめただけではないか。地図があらかじめ用意されていたのも怪《あや》しい。シルカはすべて計画を立てて進めているのではなかろうか。何のために？

オグロドリはフィリムの山岳《さんがく》地帯で見られる小さな鳥だ。尾《お》が短くて黒い。キイロオグロドリはその一種だろう。オグロドリの巣は燃《も》やすといいにおいがするので、香料《こうりょう》として祭や儀式《ぎしき》などで使われる。巣の採取《さいしゅ》には危険《きけん》がともなうらしく、香料《こうりょう》は高い値《ね》がつく。巣が高い場所にあるなら、飛空騎士《きし》にとってはとりやすいが、ファストラがうまくやれるか、少し心配である。

ヒイロバナは赤く美しい花だ。大きいものは手のひらくらいあり、花弁《かべん》が何重にも連なって豪華《ごうか》である。切り花で長持ちするので、ラクサでもたまに売られているが、非常《ひじょう》に高価《こうか》だ。大きな花が珍《めずら》しいフィリムでは、一本が鶏《にわとり》一羽《わ》よりはるかに高い。エンデシムの森に咲《さ》くと聞いたことがあるが、これまでの旅では見られなかった。どういうふうに咲《さ》くのだろうか。

蜜桃《みつもも》は、レインも大好きな果物《くだもの》だ。フィリムでは干《ほ》したものを食べるが、エンデシムでは生の蜜桃《みつもも》が安く売られていたので、この旅でも何度か食べた。ちょうど収穫《しゅうかく》の時季のようで、生の蜜桃《みつもも》はみずみずしくておいしかった。エンデシムでは栽培《さいばい》されているのだろうから、手に入れるのは難《むずか》しくなさそうだが、シルカの発言が不安を誘《さそ》う。

しかし、この三つの品物にはどういう意味があるのだろうか。

「何か気になることがあるのか」

シルカに問われて、レインは考えるのをやめた。

「いえ」

疑問《ぎもん》をぶつけたところで、まともに答えてはくれないだろう。すべて仕組んでいるなら、なおさらである。

シルカが微笑《びしょう》する。

「そうだな。考えて正解《せいかい》にたどり着いたところで、事態《じたい》が打開できるとはかぎらない。いつも考えなしに行動するのは困《こま》りものだが、行動しなければ得《え》られない結果もある」

「結果は最初から決まっているのですか」

「まさか」

シルカは微笑《びしょう》を消した。

「私《わたし》は自分でお人好《ひとよ》しだと思っているが、無条件《むじょうけん》の慈悲《じひ》を与《あた》えるつもりはない」

慈悲《じひ》が欲《ほ》しければ力をしめせ、というわけだ。拒否《きょひ》できないなら、できるだけのことはやってみよう。もしすべてが計画のうちならば、まったくこなせない試練ではないだろう。

地走鳥《じそうどり》がレインを見あげて、ひと声鳴いた。はずむような足どりで歩きだす。レインはあとを追って小屋を出た。

残されたシューデリンは心細くなった。同時に、怒《いか》りがこみあげてきた。どうして自分がこのような目にあうのか。

「どうしてもやらないといけないの?」

「やらなくてもいいよ」

シルカはこともなげに言った。

「任務《にんむ》に失敗するだけのことだ。君が悪いわけじゃない。悪いのは君を送りこんだおとなたちだ」

「腹《はら》が立つ」

シューデリンはつぶやいた。

「あたしのせいじゃなくてもあたしのせいになる。ファスとレインががんばってるのに、あたしが何もしないわけにはいかない」

「だったら、できるだけのことをすればいい」

シルカは小屋を出て、中央にそびえる山の中腹《ちゅうふく》を指さした。

「あの辺りに、私《わたし》たちの果樹園《かじゅえん》がある」

シューデリンは目をこらした。そこだけ木々の緑色が薄《うす》いように見える。

「どうせ怪物《かいぶつ》が出たりするんでしょ」

「行けばわかる」

シューデリンはため息をついて、シュートにまたがった。

4 ❖ ファストラの試練

ファストラは空中で、地図と地形とを照らし合わせていた。地図がしめしているのは、小屋から北へ進んだ「巨人の椅子《きょじんのいす》」の縁《ふち》あたりだ。一本の線で描《か》かれた川に星印が重ねられている。川に沿《そ》って行けばよさそうだ。

ファングが疲《つか》れて抗議《こうぎ》するので、ファストラは一度地面に降《お》りた。

一人で馬を走らせていると、心のすみにあった不安がふくらんでくる。ファストラは生来《せいらい》、楽天的な気質《きしつ》だが、いつも気持ちが安定しているわけではない。一人になるのは嫌《いや》だった。幼《おさな》い頃《ころ》に母と別れたからかもしれない。

エンデシムでは、母の手がかりはつかめなかった。さがしている暇《ひま》などなかったから無理もない。エンデシムには何十何百もの村や町があって、何十万人もの人が暮《く》らしている。こちらからさがすなど不可能《ふかのう》だ。だからファストラは、自分が有名になって、母に見つけてもらおうと考えているのである。

心配していた雨は降《ふ》らず、雲間から陽《ひ》が差してきた。前方で光がちらついている。陽光が川の流れに反射《はんしゃ》しているのだ。

川は中央の山から「巨人の椅子《きょじんのいす》」の外に向かって流れている。川ははは人が跳《と》びこえられる程度《ていど》だが、水量は豊富《ほうふ》だ。雪どけの季節のフィリムの川を思わせる。川面《かわも》を見ながら、ファストラは馬を進めた。

「さて、そろそろ地図の場所だな」

つぶやいて、ファストラは重要なことに気づいた。キイロオグロドリの巣がどのようなものなのか知らないのだ。シルカに聞いてくるべきだった。自分の課題を急いでこなすことばかり考えていて、思いつかなかった。間《ま》の抜《ぬ》けた話である。レインとシューデリンにばれたら、「ファスらしい」と笑われるだろう。

似《に》たような名前のオグロドリの巣は知っているが、乾燥《かんそう》された切れはししか見ていないので、元の形がわからない。木の上にある、普通《ふつう》の鳥の巣のような形なのだろうか。

考えてもわかるはずがないので、馬を下りて、それらしいものをさがしてみた。川の周りは石が多く、短い草がその間に生えている。石をひっくり返し、草をかきわけて見るが、巣のようなものはない。地図では川に重なっているから、両岸をくまなく調べてみたが、手がかりはまったくなかった。

地図を見て、周囲《しゅうい》を見る。

「合ってるはずなんだけどなあ」

ファストラは首をかしげた。山、池、川、小屋、すべて一致《いっち》している。簡単《かんたん》な地図だから、まちがえようがない。

「もしかして……」

ファストラは川に手を入れてみた。水は冷たく澄《す》んでいて、気持ちがいい。深さはひざの下くらいだ。

乗馬靴《じょうばぐつ》を脱《ぬ》いで裸足《はだし》で川に入る。手を突《つ》っこみながら動きまわって、何か変わったものがないか、さがしてみる。しばらくつづけていると、手足が冷えて痛《いた》くなってきた。

「ばかばかしい」

ファストラは川を出て寝転《ねころ》んだ。考えてみれば、鳥が川の中に巣をつくるはずがない。しかし、それならいったい巣はどこにあるのか。

考えるのは苦手だ。眠《ねむ》くなってくる。レインがいれば、きっと知恵《ちえ》を出してくれるだろうに。そもそもファストラは腕力《わんりょく》の担当《たんとう》だ。真っ先に敵《てき》に立ち向かい、勝利するのが仕事である。飛空騎士《きし》には頭も必要だ、と次兄《じけい》には説教されるが、そう言うヒューガも力に頼《たよ》っている。まずは得意《とくい》分野で勝負すればいいではないか。

早く巣を見つけて、シューデリンを助けに行きたいのに、一向に進まない。太陽は西にかたむいている。期限《きげん》が近づいているのだ。

ファングが顔をのぞきこんできた。鼻息が顔にかかる。

ファストラは勢《いきお》いよく起きあがった。が、次の行動が思いつかない。気持ちはあせるが、何をしていいかわからないのだ。

上空を鳥が舞《ま》っている。まるでファストラをばかにしているようだ。

「あれがキイロオグロドリだったらなあ」

ファストラはファングに乗って、鳥の近くまであがった。姿《すがた》を確認《かくにん》して、舌打《したう》ちする。森《もり》鴉《がらす》であった。

「まったく、おまえはどこにでもいるなあ」

だが、この森鴉《もりがらす》は不幸ではなく幸運をもたらした。降《お》りようとして下に視線《しせん》を移《うつ》したファストラは、別の鳥を見つけたのである。黒っぽい小さな鳥だ。「巨人《きょじん》の椅子《いす》」の地表より低いところを飛んでいる。

ファングをうながして、鳥に近づいてみる。すばしっこく飛びまわる数羽の鳥は、頭の一部が黄色い。黒いのは長い尾《お》であった。森のほうから飛んできて、だんだんと数が増《ふ》えてくる。数十羽、いや数百羽に達しているかもしれない。

「これだ！」

ファストラは確信《かくしん》した。キイロオグロドリが巣に帰ろうとしているにちがいない。観察していれば、巣の場所がわかるだろう。

川は「巨人の椅子《きょじんのいす》」のはしから滝《たき》となって下に落ちている。すさまじい音と水しぶきだ。辺りは白い霧《きり》にけぶって見える。

ファストラは眉《まゆ》をひそめた。

キイロオグロドリは次々と崖《がけ》に突《つ》っこんでいく。いや、めざしているのは滝《たき》だ。もしかして、滝《たき》に何かあるのだろうか。

「そういうことか」

ファストラはようやく理解《りかい》した。滝《たき》の裏《うら》に洞《どう》くつがある。地図の印は川の下、滝《たき》をくぐって入った場所をしめしていたのである。

しかし、どうやって入ればいいのか。そもそも人と馬が入る隙間《すきま》があるのだろうか。

ファングが首を振《ふ》った。限界《げんかい》が近づいているのだ。ファストラはあわてて「巨人の椅子《きょじんのいす》」に戻《もど》った。

ファングを休ませながら、作戦を考える。鳥のあとを追って突《つ》っこんでみるか。いや、さすがにもう少し調べてからだ。もし洞《どう》くつが広いなら、光は届《とど》かない。たいまつが必要になるが、滝《たき》を通るときに消えないだろうか。

「とりあえず偵察《ていさつ》からだな」

ファストラはつぶやいて、ファングにまたがった。鳥が入っていく位置より下のほうから、滝《たき》の裏側《うらがわ》をのぞいてみる。下におりるにつれて滝《たき》は崖《がけ》からはなれるので、裏側《うらがわ》が見えた。暗くてよくわからないが、それなりに大きな空間がありそうだ。少なくとも、滝《たき》を抜《ぬ》けてすぐに壁《かべ》にぶつかることはない。

いったんあがって、再《ふた》びファングに休息をとらせる。面倒《めんどう》だが、途中《とちゅう》で力つきれば命にかかわる。仲間がいないから、ファストラといえども慎重《しんちょう》になるのだ。

ファングが休んでいるうちに、火をおこしてたき火をつくった。木の枝《えだ》を拾って火をつけ、簡単《かんたん》なたいまつにする。油を使っていないので、火は小さいが、探検《たんけん》するわけではないから、充分《じゅうぶん》だろう。

「よし、そろそろ行くぞ」

ファストラはたいまつを持ってファングに乗ると、川沿《かわぞ》いを崖《がけ》に向かって走らせた。そのまま宙《ちゅう》に飛び出す。多くのキイロオグロドリが帰ってきていて、鳴き声がうるさい。その群れとともに、滝《たき》に突《つ》っこもうとする。

しかし、ファングは滝《たき》の手前でとまった。ファストラは目をつむっていたのだが、とまったのはわかる。

「おい、どうした？」

ファングが抗議《こうぎ》の声をあげている。滝《たき》に突《つ》っこむなど無謀《むぼう》だ、というのだ。

「いや、行けるって。裏《うら》は空洞《くうどう》なんだから。ほら、鳥が飛びこんでいるだろう」

ファストラは愛馬をうながしたが、ファングは頑《がん》として動かない。言葉が通じるわけではないので、説得《せっとく》は難《むずか》しい。それでもファストラが馬の背《せ》を押《お》していると、ファングは怒《おこ》って、勝手に上にあがってしまった。

「あ、おい、ちょっと待て」

ファストラはあわてたが、どうすることもできない。ファングはたき火の近くに降《お》りて、四肢《しし》を折った。下りろ、ということらしい。

「いや、それは困《こま》るんだけど……」

雲が晴れた西の空は、紅《あか》く染《そ》まってきている。時間がない。

ファストラはいったん下りて、ファングの正面にまわった。

「頼《たの》むよ。滝《たき》の裏《うら》は安全なんだ。いっしょに行こう、な」

語りかけたが、ファングはそっぽを向いて、相手にしてくれない。

ファストラは途方《とほう》に暮《く》れた。

「レインだったらなあ……」

思わずぐちが出てしまう。レインだったら楽にこなしていた試練だろう。頭を使うのも、飛空馬《ひくうば》に言うことをきかせるのも、レインは得意《とくい》だが、ファストラは苦手だ。

「ええい、ファストラ様はこんなところで足踏《あしぶ》みするわけにはいかないんだ」

ファストラはこぶしを固めた。できることをとにかくやってみよう。

最初に、革《かわ》よろいを脱《ぬ》いで下着姿《すがた》になった。少しでも軽くなろうというわけだ。重い荷物は小屋に置いてきているが、さらに背負《せお》い袋《ぶくろ》をおろして身軽になる。武器《ぶき》も置いていく。持ち物はたいまつと巣を入れる袋《ふくろ》、念のための短刀だけだ。袋《ふくろ》と短刀は、鞍《くら》にくくりつけた。

フィリムと違《ちが》ってエンデシムは暖《あたた》かいので、下着でも寒くはない。盛《も》りあがった筋肉《きんにく》を強調させて、格好《かっこう》をつけてみる。いや、そんな場合ではない。

ファングがじりじりとあとずさる。

「おい、逃《に》げるなって。軽くて楽だぞ」

ファストラはたいまつを口にくわえて、愛馬に飛び乗った。よろいを脱《ぬ》いだせいで命綱《いのちづな》をはめるところがないので、腰《こし》にじかに巻《ま》きつける。命綱《いのちづな》の意味がないかもしれないが、怖《こわ》がってはいられない。

「さっさとすませてしまおうぜ、相棒《あいぼう》」

声をかけて、馬を走らせる。

ファングは今度は指示《しじ》にしたがって、宙《ちゅう》に飛び出した。どうやら、ファストラの努力を認《みと》めてくれたらしい。

ファストラは滝《たき》の前まで降《お》りると、愛馬のたてがみをなでながら語りかけた。

「ほら、鳥が通ってる。怖《こわ》くないだろ。おれは怖《こわ》くないぞ。でも、そうだな、もう少し下から行けば、滝《たき》をうまくくぐれるかな」

滝《たき》が崖《がけ》からはなれているところまで降《お》りれば、横から裏《うら》にまわれる。ただ、下がりすぎると「巨人《きょじん》の椅子《いす》」に戻《もど》れなくなるし、飛ぶ時間が長くなるとファングの持久《じきゅう》力も心配だ。軽くしたぶん、どこまで負担《ふたん》が減《へ》るか。

ファングが首をひねって、甘《あま》えるような仕草《しぐさ》をした。

「お、わかってくれたか。よし、降《お》りよう」

だが、ファングはしたがわなかった。

下着姿《すがた》のファストラを乗せて、滝《たき》に突入《とつにゅう》する。

「おい、急に行くなって。あ、たいまつが！」

頭に冷たい水がかかった。

次の瞬間《しゅんかん》、ファストラは滝《たき》の裏側《うらがわ》にいた。幸い、たいまつの火は消えなかった。ファストラが自分の体でかばったからだ。

滝《たき》の音と鳥の声で、耳が割《わ》れそうなほどうるさい。顔をしかめて目をこらすと、洞《どう》くつはかなり広く、奥《おく》も深そうだった。入口《いりぐち》は北関《ほくかん》の城門《じょうもん》くらいはありそうだ。見習い騎士《きし》三人が縦《たて》でも横でも並《なら》んで入れる。

キイロオグロドリはその天井《てんじょう》部分に巣をつくっているようだ。入口《いりぐち》付近から奥《おく》までずっと連なっている。騎乗《きじょう》したまま近づいていくと、においがきつい。まるで、掃除《そうじ》をしていない牛舎《ぎゅうしゃ》だ。ふんのにおいだろうか。ファングが嫌《いや》がるそぶりを見せないのは意外だが、幸いだった。

鼻を押《お》さえると作業ができない。ファストラは息をとめて悪臭《あくしゅう》に耐《た》えながら、主《あるじ》のいない巣を短刀でけずりとり、袋《ふくろ》におさめた。これで終わり、と思ったとき、気が抜《ぬ》けて、口にくわえたたいまつを落としてしまった。

あ、と声が出たのも、口が開いているからである。ファングがあきれたようにいないた。

だが、とるものはとったから、もう明かりは必要ない。

ファストラとファングは無事に「巨人《きょじん》の椅子《いす》」に戻《もど》った。

「いやあ、よかった。おかげで巣が手に入ったよ」

ファストラは愛馬の鼻面《はなづら》をなでた。ファングはくすぐったそうに首をまわす。

「よし、小屋に戻《もど》ろう」

ファストラが歩きだそうとすると、ファングが大きくいなないた。よろいを着ろ、という意味だ。

頭上では森鴉《もりがらす》がばかにしたように鳴いていた。

5 ❖ レインの試練

レインは道案内の地走鳥《じそうどり》に語りかけた。

「シルカはどういう人？」

地走鳥《じそうどり》がとまどったように振《ふ》り返る。

〈やさしい？〉

「何をしてくれるの？」

〈食べ物をくれる〉

その他にも、地走鳥《じそうどり》は言いたいことがあるようだが、レインはうまく理解《りかい》できなかった。

それでも、この旅の間、とくに森に入ってから、レインの能力《のうりょく》はめざましくあがっている。

動物と意思を通わせる能力《のうりょく》は誰《だれ》もが持っていると、聞いたことがある。ただ、その能力《のうりょく》には個人差《こじんさ》があって、実際《じっさい》に使える水準《すいじゅん》に達している人は少ないのだという。動物の気持ちがわかるというのは、遠くのものが見えるとか、重い物を持ちあげられるとかと同じで、特殊《とくしゅ》な能力《のうりょく》ではなくて、高い能力《のうりょく》なのだ。

だからこそ、訓練して伸《の》ばすことが重要になる。だが、この先、レインにその機会が与《あた》えられるだろうか。

「君たちともっと話せるといいんだけど」

レインがもらすと、地走鳥《じそうどり》は軽く首をかしげた。

〈ヒイロバナ、こっち〉

小走りに駆《か》けていく。丸っこい体型《たいけい》のわりに速い。レインは愛馬とともに走ってあとを追った。小屋からは南の方向だ。

飛空騎士《きし》が飛空馬《ひくうば》以外の魔法《まほう》動物を使ってはいけないのだろうか。動物といっしょに走っていると、つい疑問《ぎもん》を抱《いだ》いてしまう。氷栗鼠《こおりりす》や治癒猿《ちゆざる》を連れて飛べたら、個人《こじん》の戦闘《せんとう》力はあがる。苦手な弓の代わりに遠距離魔法《えんきょりまほう》が使えれば、攻撃《こうげき》のはばが広がる。

もちろん、未熟《みじゅく》なうちは飛空騎士《きし》の訓練に集中しなければならない。一人前の飛空騎士《きし》になったら、父は許《ゆる》してくれるだろうか。

父のことは尊敬《そんけい》しているが、頭が固すぎると思う。レインはまじめだと言われるが、それはまちがいなく父の影響《えいきょう》である。

大好きだった祖母《そぼ》が亡《な》くなったときも、レインは訓練を休むことを許《ゆる》されず、葬式《そうしき》には遅《おく》れて出席しなければならなかった。

もちろん、体調が悪いくらいで休むのは許《ゆる》されない。熱があってふらふらの状態《じょうたい》で飛空馬《ひくうば》に乗ろうとし、教官役の飛空騎士《きし》にとめられたことは何度もある。

「娘《むすめ》だから甘《あま》い、などと思われては困《こま》る」

ダッカは口ぐせのように言う。レインはみずからにも厳《きび》しい父を見習って、努力を重ねている。それ自体は、レインにとってつらいことではない。つらいのは、一向に弓がうまくならないことと、母がレインに関心を持ってくれないことだ。

だからといって、わがままを言ったり、怒《おこ》らせたりして関心を引こうとは、レインは考えなかった。「お姉《ねえ》さんらしくしなさい」と言われて、すなおにしたがっていた。弟は自分が母にかわいがられていることを知っていたが、それをかさに着て姉に意地悪をするような子ではなかったから、姉弟の関係は悪くない。

母が弟をひいきする理由は、よくわからない。エンデシムのように、家を継《つ》ぐのは男、と決まっている社会なら、納得《なっとく》できなくても理解《りかい》はできる。だが、フィリムは男女の差がそれほどない社会である。飛空騎士《きし》には男も女もいるし、普通《ふつう》の騎兵《きへい》として戦う女もいる。親が残した毛皮牛《けがわうし》は、男女の別なくすべての子に等しく分けられる。

母はフィリムの高官の娘《むすめ》であり、王都ラクサで生まれ育った。父との結婚《けっこん》は、祖父《そふ》が決めたのだという。フィリムの役人や騎士《きし》、商人の間では珍《めずら》しくないことだ。英雄《えいゆう》リディンのように、恋《こい》をつらぬく例は飛空騎士《きし》でなくても稀《まれ》である。祖父《そふ》は早くに亡《な》くなったので、レインは顔をおぼえていないが、あまり娘《むすめ》をかわいがる人ではなかったらしい。その影響《えいきょう》なのだろうか。

レインにとって母は、厳格《げんかく》な父よりも遠い存在《そんざい》であった。顔は似《に》ているのに、皮肉なものである。

「お母さんに似《に》て、きれいね」

「お父さんに似《に》なくてよかった」

そう言われるたびに、レインは複雑《ふくざつ》な気持ちになる。飛空騎士《きし》に外見は関係ない。父のような筋力《きんりょく》と武器《ぶき》をあやつる器用さが欲《ほ》しかった。

地走鳥《じそうどり》は緑の美しい林に入った。下の森ほど木が密集《みっしゅう》してはいないため、歩きやすい。いつのまにか雲が切れたようで、木漏《こも》れ日《び》がきらめいている。小鳥の鳴き声が耳に心地《ここち》よい。

レインは少し気持ちが晴れて、課題に対して前向きになってきた。

もし推測《すいそく》が正しくて、誰《だれ》にどの課題を与《あた》えるか、あらかじめ決まっていたのなら、それぞれが得意《とくい》な分野か、苦手な分野か、どちらかになるだろう。シルカは意地が悪そうだから、おそらく後者ではないか。

〈もうすぐ〉

地走鳥《じそうどり》が振《ふ》り返ってキュルルと鳴いた。

林を抜《ぬ》けると、緑の木立《こだち》が目に入った。数本の木がかたまって立っている。丸い形の葉は緑だが、木の幹《みき》は赤い。一見して、奇妙《きみょう》な木である。エンデシムに入ってから、様々な木や花を見てきたが、このような形の木ははじめて見る。

〈ヒイロバナ、咲《さ》いてる〉

地走鳥《じそうどり》は木の根元に駆《か》けていった。レインも近づいてみる。

いっぱいに葉を茂《しげ》らせた枝《えだ》がじゃまでよく見えない。枝《えだ》をくぐるようにして、下から見あげてみる。

花は木の幹《みき》の高いところから伸《の》びていた。一本につき、五輪から七輪ほど咲《さ》いている。記《き》憶《おく》にあるとおり、赤く豪華《ごうか》な花だ。

「どうやって採《と》ればいいのだろう」

レインは形のいい眉《まゆ》をひそめた。

木の高さはレインの身長の三倍くらいある。登れない高さではないが、問題があった。木の幹《みき》にも枝《えだ》にも、丸っこい葉にも、びっしりとトゲが生えているのである。幹《みき》の赤さは血ではないかと思ってしまう。

試《ため》しに葉にさわってみると、飛びあがるほど痛《いた》かった。毒《どく》でもあるのだろうか。

レースに乗って、空から見てみる。枝葉《えだは》は上にも広がっているが、隙間《すきま》から花が確認《かくにん》できた。小さいものでこぶしほど、大きいものは顔くらいもある。

レインは上から槍《やり》を伸《の》ばしてみたが、枝葉《えだは》の外側からでは花まで届《とど》かない。横からも下からも同じだった。この木は、花を守る砦《とりで》のようだ。鉄のよろいかぶとでも装備《そうび》しなければ、無傷《むきず》で花を採《と》るのは難《むずか》しいと思われる。

痛《いた》みを覚悟《かくご》で、強行突破《とっぱ》するか。

いや、自分はともかく、レースを傷《きず》つけたくない。

〈よろいを着てる。平気〉

レースはそう伝えてきたが、レインは首を横に振《ふ》った。毛に守られているとはいえ、あのトゲが刺《さ》さったら、馬もかなり痛《いた》いだろう。

剣《けん》で枝《えだ》を切りはらってしまえば、レースに乗って近づける。だが、そこまでしていいものだろうか。木が枯《か》れてしまうかもしれないと思うと、ためらわれる。それはたぶん「正解《せいかい》」ではない。

しかし、実際《じっさい》に見てみると、ヒイロバナが高価《こうか》なのも納得《なっとく》である。フィリムまでの輸送費《ゆそうひ》が高くつくだけではなく、手に入れるのも大変なのだ。トゲの少ない種類があるのかもしれないが、他の花よりはまちがいなく苦労するだろう。

「正解《せいかい》」は何か。

レインは弓矢を手にした。苦手な弓を使って結果を出す。それがねらいにちがいない。花の茎《くき》を射抜《いぬ》いて落とす。茎《くき》の太さは小指くらいだから、的はきわめて小さい。訓練で使っている的の中心くらいだろう。レインは中心どころか、人頭大の的に当てることすら苦労している。

だが、今回は訓練と違《ちが》って、とまって射《い》てもいい。地上で射《い》るのは慣《な》れていないので、レインは愛馬にまたがった。

ゆっくりと馬を歩かせて、ねらいやすい位置をさがす。葉の間から、茎《くき》が見える位置があった。馬をとめ、慎重《しんちょう》にねらいをつける。

心臓《しんぞう》が高鳴っているのがわかる。落ちつけ、と自分に言い聞かせる。実戦ではない。別に外してもいいのだ。緊張《きんちょう》する必要はない。

一射《しゃ》目は右に大きく外れた。

衝撃《しょうげき》を受けた。外してもいいとは思ったが、外れすぎだ。当たるときが来るのだろうか。

いや、幹《みき》に当てたくないという気持ちが、腕《うで》に伝わって、大きく逆《ぎゃく》にずれたのだ。そうにちがいない。

二射《しゃ》目は、ななめ上に外れた。あやうく花に直撃《ちょくげき》するところで、レインは冷《ひ》や汗《あせ》をかいた。少しは近づいたが、これを進歩といってよいのだろうか。

三射《しゃ》目はすっぽ抜《ぬ》けて下に落ちた。レインはため息をついて弓をおろした。

「下手《へた》な弓でも数を射《い》れば当たる、と言うけれど、いくつ射《い》ればいいのだろう……」

シューデリンなら一発で当てるだろう。友の器用さがうらやましい。

レインが苦しいのは、人一倍練習しているのに、うまくならないところだ。飛空騎士《きし》は弓の名手でなくてもいい、と言われる。弓での攻撃《こうげき》は敵《てき》を一人一人倒《たお》すよりも、混乱《こんらん》させることが目的だからだが、外れるより当たったほうがいいに決まっている。

十本目の矢が、むなしく木を通りすぎた。

レインは矢を拾いに行った。矢筒《やづつ》に入っているのは二十本だ。射《い》つくす前に回収《かいしゅう》しておきたい。

〈がんばって〉

地走鳥《じそうどり》がはげましてくれた。レインは何だか悲しくなってきた。でも、射《い》なければ絶対《ぜったい》に当たらない。偶然《ぐうぜん》当たることを祈《いの》って、二十、三十と射《い》つづけた。そして、外しつづけた。

幹《みき》には三本の矢が刺《さ》さっている。これは回収《かいしゅう》できないし、できても再《さい》利用は難《むずか》しい。このままだと、矢がなくなるかもしれない。

レインは泣きたくなってきた。努力がまったく報《むく》われない。

何もかも投げ出したくなるのを、必死に抑《おさ》える。

立ちどまって考えるべきだ。レインは岩の上にすわりこんで木を見つめた。弓矢はあきらめ、あらためて別の方法をさがすのだ。陽《ひ》はかたむきはじめており、約束のときが近づいているが、それだけに弓矢にこだわらないほうがいい。

枝葉《えだは》はこんもりと茂《しげ》っており、花は幹《みき》の上のほうに咲《さ》いているので、もっとも花に近づけるのは真上である。ただ、上からだと、馬の背丈《せたけ》が加わるので、槍《やり》が届《とど》かない。これを何とかできないだろうか。

「足で槍《やり》を使う……無理だよね。逆《さか》さに乗る？　うーん」

レインは考えを進めた。

「あ、そうだ。あれなら……」

脳裏《のうり》にファストラの姿《すがた》が浮《う》かんだ。宙《ちゅう》づりになっている姿《すがた》だ。今朝《けさ》は崖《がけ》を転げ落ちていたが、フィリムでヒューガに助けられたときは、きれいに宙《ちゅう》づりになっていた。宙《ちゅう》づりになってぎりぎりまで近づければ、槍《やり》が届《とど》くのではないか。さらに、槍《やり》に剣《けん》を結びつけて継《つ》ぎ足せば、少し長くなる。

レインは立ちあがった。

「とにかくやってみよう」

ただ、問題はどうやってレースに伝えるかである。

レインは槍《やり》と剣《けん》の細工をすると、命綱《いのちづな》を愛馬のよろいに結びつけて、地面にうつぶせになった。

「レース、このまま木の上まで飛んで」

指示《しじ》したが、レースはとまどうだけで飛ぼうとしない。レインの背中《せなか》に鼻面《はなづら》を押《お》しつけて、起きて、と言っている。

「花を採《と》るために飛んでほしいの」

何度か繰《く》り返すと、レースはようやく飛びあがった。体が持ちあげられて、命綱《いのちづな》に体重がかかる。お腹《なか》と腰《こし》によじれるような痛《いた》みが走って、レインは思わずうめいた。それを聞いたレースがゆっくりと着地する。

「ありがとうレース。でも、飛んでいいんだよ」

訓練で宙《ちゅう》づりになったことはある。低いところで飛空馬《ひくうば》から落ちて、いざというときにどうなるか体験するのだ。そのときは勢《いきお》いがついていたのでもっと痛《いた》かった。ファストラはよく耐《た》えていると思う。

「お願い、レース」

いくら頼《たの》んでも、レースは納得《なっとく》しない。

〈レイン、痛《いた》い。だめ〉

そう言うだけだ。

ようするに、何をしたいのか、正確《せいかく》に伝わっていないのである。レインは途方《とほう》に暮《く》れた。必ず成功する作戦とはいえないが、思ったことが実行できないのはやるせない。

いつまでもうつぶせになっているのは悲しいので、立ちあがろうとした。手が石にふれて、思いついた。地面に絵を描《か》いてみたら、伝わるかもしれない。

さっそく描《か》いてみる。つりさげられたレインが槍《やり》を伸《の》ばして花を落とす絵だ。絵を描《か》く機会などめったにないから不安だったが、そこそこわかる絵が描《か》けたと思う。

「見て」

レースといっしょに地走鳥《じそうどり》まで絵をのぞきこんでいる。

しばらくすると、レースが頭をあげた。

〈わかった〉

ゆっくりと上昇《じょうしょう》する。レインは命綱《いのちづな》に引っぱられて宙《ちゅう》づりになった。痛《いた》みはあるが、予測《よそく》していたので耐《た》えられる。最初は体を折って命綱《いのちづな》に体重をゆだね、木の上まで達したところで、全身の筋肉《きんにく》に力を入れて、姿勢《しせい》を水平にした。

「ぎりぎりまで下げて」

レインは剣《けん》つきの槍《やり》をおろした。充分《じゅうぶん》に届《とど》きそうだ。

姿勢《しせい》を保《たも》つのは苦しいが、あとひと息である。槍《やり》を伸《の》ばして、花の茎《くき》を切る。空振《からぶ》りだった。もう一度試《ため》すと、今度は手応《てごた》えがあった。

赤い花が落ちていく。

「やった」

レインは心のなかで手をたたいたが、気は抜《ぬ》かなかった。姿勢《しせい》が崩《くず》れたら、トゲが刺《さ》さって痛《いた》い思いをしてしまう。

「レース、いいよ」

レインは地面に戻《もど》ると、すぐに花を拾いに行った。体勢《たいせい》を低くして、木の根元をめざす。

花に手を伸《の》ばそうとして、香《かお》りの強さにおどろいた。甘酸《あまず》っぱく、むせかえるような芳香《ほうこう》だ。

こぶしほどの大きさの花は、幸いなことに、まったく傷《きず》ついていなかった。近くで見ると、赤い色に濃淡《のうたん》があって、ますます美しい。

気づくと、空も赤くなっていた。急いで小屋に戻《もど》らなければならない。レインは茎《くき》を持って、ヒイロバナを背負《せお》い袋《ぶくろ》に差した。花を背負《せお》って帰るのも、妙《みょう》な気分だ。

〈乗って〉

レースが背中《せなか》を向けてきた。

〈小屋はこっち〉

地走鳥《じそうどり》が走りだす。

レインは愛馬にまたがって、そのあとを追いかけた。

6 ❖ シューデリンの試練

シューデリンは空を飛んで、指示《しじ》された場所に向かった。目的地の近くでいったん降《お》り、馬を休ませてから、騎乗《きじょう》して登る。シュートの体力を残しておくため、今度は飛んでいない。藍玉《キーラ》がない不便を感じながら、馬を進める。

蜜桃園《みつももえん》は、山の中腹《ちゅうふく》にあるようだ。栽培《さいばい》しているのだろうが、シルカの口ぶりから、何か障害《しょうがい》があるにちがいない。

その正体はすぐに明らかになった。

「やっぱり、そういうことか」

シューデリンは馬をとめて、目をこらした。本当はすぐに帰りたいところである。

蜜桃《みつもも》の木は低く、おとなの背丈《せたけ》くらいしかない。十数本ある木の真ん中に、黒っぽい動物がすわって、蜜桃《みつもも》にかじりついていた。赤手熊《あかてぐま》だ。胴体《どうたい》は黒いが、四本の手足の先が赤茶色になっている。熊《くま》としては小型《こがた》で、背丈《せたけ》も横《よこ》はばも大柄《おおがら》なファストラよりは小さい。それでも、シューデリンよりは大きいし、もちろん力も強いだろう。さらに、熊《くま》の爪《つめ》と牙《きば》は、きわめて危険《きけん》な武器《ぶき》だ。

「あいつ、あたしに熊《くま》を退治《たいじ》させて、蜜桃《みつもも》を取り返すつもりなんだろうな」

あいつというのは、シルカのことだ。畑や牧場を荒《あ》らす危険《きけん》な動物は退治《たいじ》しなければならない。そうしなければ、作物を奪《うば》われるだけでなく、人に犠牲《ぎせい》が出てしまう。それは当然なのだが、どうして自分なのか。ファストラなら、難《なん》なく倒《たお》せるだろうに。

だが、課題は蜜桃《みつもも》をとってくることだ。赤手熊《あかてぐま》を退治《たいじ》しろとは言われていない。

「あたしは蜜桃《みつもも》を持って帰って、退治《たいじ》するのはファスに任《まか》せようっと。きっとファスも喜《よろこ》ぶはず」

シューデリンは馬を下りると、木の陰《かげ》に隠《かく》れた。気づかれないようこっそり近づいて、蜜《みつ》桃《もも》を拾うつもりだ。

風向きをたしかめると、こちらは風下《かざしも》である。ただ、熊はこちらを向いている。不用意に近づけば見つかるかもしれない。慎重《しんちょう》に機会をうかがうべきだ。

しばらくじっとしていると、熊は反対のほうの蜜桃《みつもも》をもいだ。そのまま、シューデリンに背《せ》を向けて食べている。シューデリンはそうっと動きだした。武器《ぶき》は槍《やり》だけを持って、音を立てないよう、ゆっくりと近づく。

蜜桃《みつもも》の木は目前だ。熊《くま》はまだ気づいていない。

そろそろと右手を伸《の》ばしたときである。

バチッと音が鳴って、右手に鞭《むち》で打たれたような衝撃《しょうげき》が走った。シューデリンは反射《はんしゃ》的に手を引っこめる。

「どういうこと!?」

シューデリンは文句《もんく》を言いながら、槍《やり》をかまえた。

熊《くま》が四つ足で距離《きょり》をつめてくる。太い前脚《まえあし》を振《ふ》りかざす。

シューデリンは反射的《はんしゃてき》に槍《やり》を突《つ》き出した。またバチッと音が鳴って、槍《やり》を落としてしまう。とっさに、右に転がった。左の腰《こし》のあたりに衝撃《しょうげき》があった。

よろいの一部がごっそりとはぎとられている。すさまじい威力《いりょく》に、ぞっとした。もっとも、よろいが爪《つめ》を防《ふせ》いでくれたので、腰《こし》には打撲《だぼく》の痛《いた》みがあるだけだ。

しかし、状況《じょうきょう》はきわめて悪かった。転がってしまったら、次の攻撃《こうげき》を防《ふせ》ぐ方法がかぎられる。しかも、手元に武器《ぶき》がない。敵《てき》はどこだ。それすらわからない。

シューデリンの横を駆《か》け抜《ぬ》ける影《かげ》があった。

「シュート?」

シューデリンは目をみはった。愛馬が熊《くま》に向かって駆《か》けていく。熊《くま》が身がまえる。シュートは熊《くま》の目の前で宙《ちゅう》へと駆《か》けのぼった。熊《くま》が伸《の》びあがるようにして前脚《まえあし》をふるう。シュートが蹴《け》りつける。

シュートの右後脚《うしろあし》から血が飛んだ。熊《くま》も前脚《まえあし》を押《お》さえている。相討《あいう》ちだった。

シューデリンはその間に後方に逃《のが》れた。槍《やり》も拾えた。腰《こし》の痛《いた》みも動けないほどではない。

熊《くま》は、シューデリンとシュートの両方がはなれたのを見て、前脚《まえあし》をおろした。突進《とっしん》のかまえをとって、こちらをにらんでいる。すぐに攻撃《こうげき》をしかけてくる雰囲気《ふんいき》ではないが、油断《ゆだん》はできない。

シューデリンの鼓動《こどう》はまだ速いままだ。危《あぶ》ないところだった。よろいが守ってくれなかったら、そしてシュートが助けてくれなかったら、やられていただろう。

シュートが横に降《お》りてきた。シューデリンはすぐに愛馬の右後脚《うしろあし》の傷《きず》を確認《かくにん》した。血は流れているが、幸い、深くはないようだ。

「ごめんね。ありがとう。でも、無理しちゃだめだからね」

シューデリンは愛馬の顔をなでた。そうしていると、少し落ちついてくる。

先ほどの「バチッ」を思い出す。

「魔法《まほう》……なんだよね、きっと」

ため息がもれた。

「逃《に》げたいなあ」

目の前の熊《くま》からも、飛空騎士《きし》になる運命からも逃《に》げたい。

本当は父のような藍玉《キーラ》の細工師《さいくし》になりたいのだ。藍玉《キーラ》でなくてもいいから、美しい細工物《さいくもの》を作る仕事がしたい。素質《そしつ》だってあると思う。

でも、飛空騎士《きし》の子どもだから、シューデリンは飛空騎士《きし》にならなければならない。それを理解《りかい》はできても納得《なっとく》はできない。自分には絶対《ぜったい》に向いていない。兄が死んで、その気持ちはより強くなった。

年のはなれた兄が、シューデリンは大好きだった。強くて、格好《かっこう》よくて、やさしかった。幼《おさな》いシューデリンを飛空馬《ひくうば》に乗せたり、弓の使い方を教えたりしてくれたのは、飛空騎士《きし》に興味《きょうみ》を持てるように、との思いがあったからだろう。シューデリンは体を動かすよりも、花輪をつくったり、絵を描《か》いたりするのが好きな子だったから、一人前の飛空騎士《きし》になれるか、兄は心配していたのだと思う。

「飛空騎士《きし》はいいぞ。空を飛んで、仲間を守るんだ」

兄はよくそう言っていた。シューデリンは空を飛ぶのが好きになった。

でも、兄は戦死してしまった。兄が少しずつ育ててくれていた飛空騎士《きし》へのあこがれは、その知らせを聞いた瞬間《しゅんかん》に、消えてなくなった。自分は絶対《ぜったい》に戦死などしたくない。敵《てき》を倒《たお》さなくてもいい。適当《てきとう》な期間、つとめあげて引退《いんたい》するのだ。

だから、この任務《にんむ》でも、危険《きけん》はおかさないつもりだった。無理はしない。命はかけない。ただ、仲間のことを思うと、割《わ》り切れなくなる。

これまで実戦経験《けいけん》がほとんどなかったのは、ファストラが守ってくれていたからである。シューデリンは何の疑問《ぎもん》もなく、それに甘《あま》えていた。仕方なく飛空騎士《きし》になるのだから、守ってもらって当然だと思っていた。だが、それでは自分の身を守ることもできず、仲間を危険《きけん》にさらしてしまう。旅をするうちにわかってきた。

藍玉《キーラ》を奪《うば》われた。大蛇《だいじゃ》に殺《ころ》されかけた。自分は仲間に迷惑《めいわく》をかけてばかりいる。まずは自分を守れる程度《ていど》に強くならなければ、と思う。そうでないと、自分だけでなく仲間も死んでしまう。

「危《あぶ》なくなったら、空に逃《に》げる」

それは飛空騎士《きし》の特権《とっけん》だ。でも、運命から飛んで逃《に》げることはできない。

「生きのびて早くやめるためにも、少しは強くならないとね」

シューデリンは槍《やり》をにぎる手に力をこめた。

「シュート、とりあえずやってみるね」

愛馬に告《つ》げると、雄々《おお》しいいななきが返ってきた。

シューデリンは敵《てき》を観察した。

この赤手熊《あかてぐま》は、はじめて見る種類の魔法《まほう》動物だ。まず魔法《まほう》がどういうものか、調べたい。侵入《しんにゅう》を防《ふせ》ぐ壁《かべ》なのか、侵入者《しんにゅうしゃ》を感知するものなのか、それとも侵入者《しんにゅうしゃ》を攻撃《こうげき》しているのか。

シュートに乗り、はなれたところから石を投げてみる。

「バチッ」と音がして、石の勢《いきお》いは弱まり、ねらいの木のかなり手前で落ちた。熊がうなり声をあげて駆《か》けてくる。シューデリンは空に逃《の》がれた。

熊《くま》は見えない障壁《しょうへき》の内側でとまり、大きく口を開けて吠《ほ》えた。するどい牙《きば》の先から、よだれがしたたっている。攻撃《こうげき》する気はありそうだが、障壁《しょうへき》の外で戦うつもりはないようだ。

シューデリンは顔をしかめてつぶやいた。

「おびきよせたり、わなを張《は》ったりするのは無理か」

魔法《まほう》で壁《かべ》をつくっているとして、石は壁《かべ》の内側に達している。侵入物《しんにゅうぶつ》を完全にとめるものではないが、素通《すどお》りさせるものでもなさそうだ。シューデリンは壁《かべ》に当たった右手を確認《かくにん》してみた。傷《きず》ついてはいない。攻撃《こうげき》するものでもないのだろう。とすると、強引《ごういん》に突破《とっぱ》できそうだが、突破《とっぱ》しても熊《くま》と一対一で戦うはめになるだけだ。それはシューデリンにふさわしい策《さく》ではない。

魔《ま》法《ほう》の壁《かべ》が熊《くま》の後ろにも広がっていることは確認《かくにん》できている。では、上はどうか。

シューデリンは愛馬に乗って空へ舞《ま》いあがった。熊《くま》の頭上から矢を射《い》下ろす。

またしても音がして、矢は力なく熊の横に落ちた。熊は両前脚《まえあし》を振《ふ》りまわして、激《はげ》しく怒《おこ》っている。

シューデリンは地上に戻《もど》って考えをめぐらせた。

二人いれば、一人が気を引く間にもう一人が攻撃《こうげき》する、という作戦が使える。だが、一人では挟《はさ》み撃《う》ちができない。時間差で矢を放つのはどうか。一本目は弧《こ》を描《えが》いて上から、二本目はまっすぐ、という打ち分けはできる。それより、連続で射《い》るのがいいかもしれない。魔《ま》法《ほう》の壁《かべ》をつくるのに少しでも時間がかかるのであれば、二本目は突《つ》き抜《ぬ》ける。

シューデリンは弓をかまえた。連続で射《い》られるよう、二本目の矢も指に挟《はさ》む。

一本目が壁《かべ》にはばまれて勢《いきお》いを失う。続けざまに二本目。

「よし」

シューデリンはつぶやいたが、抜《ぬ》けた、と思った矢が急に力を失った。ふらついて、熊《くま》まで届《とど》かずに落ちる。

熊《くま》は四つんばいになって、こちらに突撃《とつげき》するかまえをとった。うなりながら、間合いをはかっている。障壁《しょうへき》の内側に入ったら攻撃《こうげき》される。なるべく外から仕留《しと》めたい。

シューデリンは再《ふたた》びシュートにまたがって飛んだ。先ほどの二本で、熊《くま》の魔法《まほう》はすでに見切っている。魔《ま》法《ほう》の壁《かべ》はずっとあるのではなく、破《やぶ》られたら張《は》り直している。それが早くて、二本目の矢はぎりぎりはばまれた。間隔《かんかく》をもっとせまくできれば、壁《かべ》を張《は》るより早く射《い》抜《ぬ》けるはずだ。

熊《くま》はシューデリンを目で追っている。うなり声が聞こえてくる。

シューデリンは熊の上で馬を静止させた。こちらをにらみつける熊《くま》に弓でねらいをつけ、いったん下ろす。ポケットから石を二個《こ》取り出し、まず一個《こ》を放る。石の動きと音で、壁《かべ》の位置がわかった。

もう一個《こ》を放る。すぐに弓に矢をつがえる。

石が見えない壁《かべ》に当たる寸前《すんぜん》、シューデリンは矢を放った。

「バチッ」という音の直後、矢が通り抜《ぬ》ける。

ねらいは正確《せいかく》だった。

矢は熊《くま》の右目に突《つ》き立っていた。熊《くま》が激《はげ》しく暴《あば》れる。振《ふ》りまわした腕《うで》が蜜桃《みつもも》の木を数本、なぎ倒《たお》した。

シューデリンは二の矢を射《い》た。壁《かべ》を張《は》る力はなくなったのか、矢はまっすぐ飛んで、熊《くま》の胸《むね》に突《つ》きささった。だが、浅い。どちらの矢も充分《じゅうぶん》な強さがあれば致命傷《ちめいしょう》になる場所に当たっているのだが、熊《くま》は倒《たお》れない。自分の非力《ひりき》さがうらめしい。

「やるしかないか」

シューデリンは弓をしまって槍《やり》をとった。

このまま放っておけば、熊は逃《に》げて、蜜桃《みつもも》をとれるかもしれない。だが、手負いの熊《くま》を野放しにすれば、他の誰《だれ》かが傷《きず》つけられるおそれがある。手負いの動物にはとどめをささなければならない。学校でそう教えられた。場所がフィリムでなかろうと同じだ。

シューデリンはよろいの胸《むね》のあたりに左手をあてた。そこに父がくれたお守りがある。

「大丈夫《だいじょうぶ》、空から攻撃《こうげき》すればいいんだから」

つぶやいて、急降下《こうか》する。

熊《くま》が腕《うで》を振《ふ》るが、届《とど》かない。シューデリンは全身の力をこめて槍《やり》を突《つ》きさした。

勝った、と思ったのだが、熊《くま》は倒《たお》れない。槍《やり》をつかんで、もぎとろうとする。すさまじい力だ。シューデリンはこらえきれず、手を放してしまった。熊《くま》が槍《やり》を抜《ぬ》いて振《ふ》りまわす。槍《やり》の柄《え》に右足を打たれて、痛《いた》みが走った。

シューデリンが指示《しじ》するより早く、シュートが上空に逃《のが》れた。シューデリンは右足を動かしてみた。動くことは動くが、しびれていて感覚がない。だが、足に当たらなければ、シュートが傷《きず》を負っていただろう。それよりはきっとましだ。

「だいたい、あいつ、何で倒《たお》れないんだ」

シューデリンは熊をにらみつけた。熊《くま》が槍《やり》を投げ捨《す》てて吠《ほ》える。

藍玉《キーラ》を欠くシュートがいつまで飛んでいられるか心配だった。それに時間が経《た》てば、魔法《まほう》の壁《かべ》が復活《ふっかつ》するおそれがある。逃《に》げるか、降《お》りるか。

シューデリンは降《お》りるほうを選んだ。自分では冷静だと思っていたが、やはり興奮《こうふん》しているのかもしれない。

熊《くま》が大口を開け、四つ足で突進《とっしん》してくる。すさまじい迫力《はくりょく》だ。

シューデリンは一瞬《いっしゅん》、大蛇《だいじゃ》との戦いを思い出して、身がすくんだ。しかし、恐怖《きょうふ》よりも自分への怒《いか》りが勝った。逃《に》げてばかりの弱い自分に腹《はら》が立っていた。自分を守り、仲間を守るために戦うのだ。

シュートもふるえているが、勇気をふりしぼって熊《くま》をにらんでいる。

「今度は逃《に》げないよ。大丈夫《だいじょうぶ》、あたしがついてる」

シューデリンはシュートに語りかけつつ、弓をかまえた。

ぎりぎりまで引きつけてから射放《いはな》す。

矢は熊の口中に吸《す》いこまれた。熊《くま》の前進がとまり、体勢《たいせい》を崩《くず》して横に倒《たお》れる。やがて、熊《くま》は動かなくなった。

「勝てた……」

シューデリンはその場にぺたりとすわりこんだ。心身ともに疲《つか》れはてていた。

4章 飛空騎士《き》士《し》の秘《ひ》密《みつ》

1 ❖ フィリムの戦女神《いくさめがみ》

騎士団長《きしだんちょう》ダッカは、執務《しつむ》室の窓《まど》から空を見つめていた。二十五年前のエンデシムとの戦いを、ダッカは昨日の出来事のようにおぼえている。

……独立暦《どくりつれき》一〇八年八月、大陸統一《とういつ》をめざすエンデシムの侵攻《しんこう》を受け、フィリムは苦しい状況《じょうきょう》にあった。北関《ほくかん》を失い、騎士団長《きしだんちょう》が戦死すると、フィリム王は王都を捨《す》てる決断《けつだん》を下した。北方の山岳《さんがく》地帯に逃《のが》れて、エンデシムの支配《しはい》に対する抵抗《ていこう》をつづけようというのである。

フィリム人はもともと毛皮牛《けがわうし》とともに移動《いどう》して暮《く》らしてきたから、街での生活にはこだわりがない。賛成《さんせい》する者も多かったが、副団長《だんちょう》だったリディンは反対した。

「民《たみ》が逃《に》げるのはけっこうです。しかし、王が国を捨《す》てて逃《に》げてはなりません。逃《に》げるような王には誰《だれ》もしたがわないでしょう」

王はリディンの進言を受け入れた。三万を超《こ》えるエンデシム軍に対し、フィリム軍は五千ほどしか残っていない。それでも、踏《ふ》みとどまって戦うと宣言《せんげん》し、リディンに全軍の指揮《しき》を任《まか》せた。リディンは数々の戦いで武功《ぶこう》をあげていたから、飛空騎士《きし》をはじめとする兵士《へいし》たちは、その指揮下《しきか》で戦うことを歓迎《かんげい》した。

リディンはまず、エンデシム軍の補給路《ほきゅうろ》に攻撃《こうげき》を繰《く》り返した。エンデシム軍としては、南北の関所をおさえたので、大地溝《だいちこう》を渡《わた》る補給路《ほきゅうろ》は安全になったと考えていた。しかし、関《せき》を奪《うば》われても、空からは攻撃《こうげき》できる。当時、百騎《き》ほどいた飛空騎士《きし》たちは、大地溝《だいちこう》を渡《わた》って北関《かん》をめざす補給《ほきゅう》部隊をしつこくおそった。

これに困《こま》ったエンデシム軍は、早く戦《いくさ》を終わらせようと、フィリム王都ラクサへと進軍する。北関《ほくかん》からラクサまでは通常《つうじょう》、二日の距離《きょり》だ。

エンデシム軍の動きを知ったリディンは、ただちに決断《けつだん》した。

「夜襲《やしゅう》をかけます」

これには、歴戦《れきせん》の飛空騎士《きし》たちもおどろいた。

「地上部隊でですか？」

そう質問《しつもん》した者もいた。飛空騎士《きし》は夜は飛ばない。訓練したこともなかった。鳥だって、一部をのぞいて夜は飛ばないではないか。

「飛空騎士《きし》による夜襲《やしゅう》は前例がありません」

「訓練もせずに実戦など、危険《きけん》すぎます」

おもに年配の飛空騎士《きし》が反対した。リディンはさわやかに笑って言った。

「敵《てき》もそう思っています。だから成功するのです」

若《わか》いダッカは、体が熱くなるのを感じた。

「おれはやります！」

真っ先に宣言《せんげん》した。リディンが笑いかけてくれた。

リディンは女性《じょせい》としては平均《へいきん》的な背丈《せたけ》だが、ダッカよりはかなり低い。にもかかわらず、リディンは大きく見えた。内面から輝《かがや》きを放っているようだ。

若《わか》い飛空騎士《きし》たちは、ダッカにつづいて口々に叫《さけ》んだ。怖《こわ》くはない、必ず成功させてみせる、と。それを聞いて、年配の者たちも反対意見を引っこめた。常《つね》に最前線で戦う飛空騎士《きし》に、臆病者《おくびょうもの》はいない。どんな困難《こんなん》な作戦でもやりとげる自信はあった。

準備《じゅんび》を終えると、リディンは言った。

「フィリムを救《すく》うための戦いです。飛空騎士《きし》の誇《ほこ》りにかけて、エンデシムの侵略者《しんりゃくしゃ》たちを高原から追い出しましょう」

そして、軽やかに愛馬にまたがる。

「私《わたし》についてきてください。あなたたちの道を照らす光となります」

リディンは銀の髪飾《かみかざ》りをつけていた。それが星の光を受けてきらめいているのだ。何と気高く、りりしく、美しい姿《すがた》であろうか。まさに「戦女神《いくさめがみ》」であった。

その姿《すがた》を見て、心をふるわせたのは、ダッカだけではない。老いも若《わか》きも男も女も、すべての飛空騎士《きし》がリディンに魅了《みりょう》されていた。

リディンに導《みちび》かれた飛空騎士《きし》部隊は、エンデシム軍の本営《ほんえい》を急襲《きゅうしゅう》した。エンデシム軍が警戒《けいかい》していなかったわけではない。ただ、空、しかも後方の空はまったく見ていなかった。見ていたとしても、星明かりのもと、音もなく飛ぶ馬を発見するのは難《むずか》しかっただろう。

リディンは先頭を飛びつづけ、最初の槍《やり》の一撃《いちげき》を敵《てき》の見張《みは》りに突《つ》きこんだ。それを皮切りに、飛空騎士団《きしだん》は思う存分《ぞんぶん》、暴《あば》れまわった。

飛空騎士団《きしだん》は少数ではあるが大陸一の精鋭《せいえい》である。それが、エンデシム軍三万の中心にいきなり現《あらわ》れたのだ。しかも、エンデシム兵の大多数は夢《ゆめ》のなかにいた。エンデシム軍が混乱《こんらん》するのも当然だった。

当時、エンデシム軍をひきいていたのは、無双《むそう》の武勇《ぶゆう》を誇《ほこ》る大将軍《だいしょうぐん》カイ・シウである。二年前のギルス帝国《ていこく》との戦いで活躍《かつやく》し、「敵兵《てきへい》一万人はこの手で殺《ころ》した」という猛将《もうしょう》で、エンデシムが大陸統一《とういつ》に乗り出したのも、この男がいたからこそだった。

夜襲《やしゅう》を知ったカイは、よろいもつけずに天幕《てんまく》を飛び出して、大剣《たいけん》をふるいはじめた。

「カイの相手は私《わたし》が引き受けます。あなたたちは近寄《ちかよ》らないで」

リディンはそう言って、一人でカイに立ち向かった。カイの大剣《たいけん》とリディンの槍《やり》がぶつかり、火花を散らした。カイの腕力《わんりょく》と技術《ぎじゅつ》は大陸一であったろうが、リディンはときに地を走り、ときに空を駆《か》けながら攻撃《こうげき》して、この強敵《きょうてき》と互角《ごかく》にわたりあった。

リディンの目的はカイを討《う》ちとることではなく、指揮《しき》をとらせないことである。ダッカはリディンを援護《えんご》したかったのだが、自分の役割《やくわり》を守って、敵兵《てきへい》を倒《たお》しつづけた。

やがて、花火が打ちあがった。

これは待機しているフィリム軍への合図である。エンデシム軍中枢《ちゅうすう》の混乱《こんらん》が周辺に伝わると同時に、フィリム騎兵《きへい》が左右からおそいかかった。

エンデシム軍からすれば、闇《やみ》の向こうから蹄《ひづめ》の音が響《ひび》き、無数の矢が飛んでくるのである。恐怖《きょうふ》にかられ、まともに応戦《おうせん》することもできない。中枢《ちゅうすう》からの命令が来ないのだからなおさらだった。

フィリム騎兵《きへい》は火矢を放ってエンデシム軍の陣地《じんち》を焼き、さらに右往左往《うおうさおう》する敵兵《てきへい》を槍《やり》で突《つ》きさして駆《か》けた。

「フィリムから出て行け！」

「侵略者《しんりゃくしゃ》は大地溝《だいちこう》へ落としてしまえ！」

フィリム騎兵《きへい》の声が四方からエンデシム軍をつつみこむ。エンデシム兵は無様《ぶざま》に逃《に》げまわるしかない。

しかし、リディンはエンデシム軍を過小評価《かしょうひょうか》していなかった。時が経《た》てば、彼《かれ》らは混乱《こんらん》から立ち直り、数を味方にして反撃《はんげき》してくるだろう。充分《じゅうぶん》な損害《そんがい》を与《あた》えたところで、撤退《てったい》するべきだ。

二発目の花火が打ちあがった。

リディンはみずからも夜空へと逃《のが》れる。

「逃《に》げる気か、腰抜《こしぬ》けめ」

あざ笑うカイに、リディンは会心《かいしん》の笑《え》みを向けた。

「この勝負は私《わたし》の勝ちです」

言いながら、手にしていた槍《やり》を投じる。

「な!?」

カイは寸前《すんぜん》で槍《やり》をかわした。槍《やり》は地面に突《つ》き立ってぶるぶるとふるえる。

カイがその槍《やり》を見やって、空に視線《しせん》を戻《もど》したときだった。

リディンが放った矢が、カイの左目に突《つ》きささった。まさに神技《かみわざ》である。無双《むそう》の猛将《もうしょう》はうめき声をあげてひざをついた。

血まみれの矢を引き抜《ぬ》いて、呪《のろ》いの声をあげる。

「許《ゆる》さぬ、絶対《ぜったい》に許《ゆる》さぬ!」

だが、リディンはすでに高く舞《ま》いあがっており、その言葉は届《とど》かなかった。

このとき、ダッカはカイが引きあげた隙《すき》に、リディンの槍《やり》を回収《かいしゅう》して帰った。そのため、生き残った飛空騎士《きし》では帰ってくるのが最後になった。

「勝手なまねをしないでください。槍《やり》には武器《ぶき》としての価値《かち》しかありません。人の生命とは違《ちが》うのです」

リディンは厳《きび》しく告《つ》げながらも、ダッカの生還《せいかん》を喜《よろこ》んでいた。圧勝《あっしょう》に終わったこの戦いでも、三人の飛空騎士《きし》が命を落としており、リディンは責任《せきにん》を感じていたのだ。

夜が明けると、手負いの大将軍《だいしょうぐん》カイは軍を再編成《さいへんせい》し、王都ラクサに向かって進軍してきた。一度敗《ま》けたとはいえ、エンデシム軍の兵力はいまだフィリム軍を上回っている。だが、リディンひきいるフィリム軍は、おそれることなく、野戦で迎《むか》え撃《う》った。

この「ラクサ郊外《こうがい》の戦い」で、フィリム軍は大勝をおさめた。リディンはカイの復讐心《ふくしゅうしん》と高原の地形をうまく利用して、敵軍《てきぐん》を丘《おか》に挟《はさ》まれた死地に誘《さそ》いこみ、高所からの突撃《とつげき》で勝負を決めたのである。エンデシム軍の半数以上が戦死し、または捕虜《ほりょ》となった。

大将軍《だいしょうぐん》カイは、前日の矢傷《やきず》がもとで高熱を発し、エンデシムに帰る前に死んだ。大将軍《だいしょうぐん》と大量の兵を失ったエンデシムは撤退《てったい》した。

フィリムは守られたのであった。

かなうことならもう一度、リディンのもとで戦いたい。

ダッカはずっとそう思っていた。みずからが騎士団長《きしだんちょう》となり、指揮《しき》をとる身になってからも、その気持ちは変わらない。

リディンは旅立った日、見送るダッカに向かって微笑《ほほえ》んだ。あとになって思えば、少し寂《さび》しげだったかもしれない。

「フィリムが危機《きき》におちいったら、私《わたし》はまた槍《やり》をとります。でも、今は少し休ませてください」

リディンはそう言った。故郷《こきょう》に帰るのだと思って、ダッカは見送ったのだ。まさか、それから二十数年も会えないとは……。

リディンは生きていれば必ず戻《もど》ってきてくれると、ダッカは信じている。自分の足が治るかどうかより、リディンのことが気になっていた。

見習い騎士《きし》たちは、みな素質《そしつ》がある。今回の任務《にんむ》で経験《けいけん》を積めば、優秀《ゆうしゅう》な飛空騎士《きし》になるだろう。ファストラの力、レインの頭脳《ずのう》、シューデリンの技《わざ》、いずれも見習い騎士《きし》の枠《わく》を大きく超《こ》えている。

戦況《せんきょう》によっては、彼《かれ》らを実戦に投入せざるをえなくなるかもしれない。その前に、少しでも成長の機会を与《あた》えたかった。

幸い、旅は順調のようで、ピントネイの出張所《しゅっちょうじょ》からは、無事に着いた、との知らせがあった。次の連絡《れんらく》は、彼《かれ》らが「巨人《きょじん》の椅子《いす》」から戻《もど》ったときになるだろう。つまり、リディンの消息《しょうそく》が報告《ほうこく》されるのだ。

「頼《たの》むぞ、レイン」

ダッカはつぶやいた。娘《むすめ》を特別あつかいしたことはない。むしろ、厳《きび》しすぎるくらいに厳《きび》しく接《せっ》してきた。それも期待しているからこそである。レインがリディンを連れ帰ってくれる。その日を楽しみに、ダッカは北関防衛《ほくかんぼうえい》の指揮《しき》をとっていた。

帝国《ていこく》軍は二度、北関《ほくかん》に攻《せ》めてきたが、フィリム軍は二度ともたやすく撃退《げきたい》していた。盾象《たてぞう》の姿《すがた》は見ていない。盾象《たてぞう》はエンデシムとの戦いに使われているようなのだ。帝国《ていこく》はまずエンデシムを攻略《こうりゃく》するつもりなのだろう。

エンデシムが敗れたら、次はフィリムだ。フィリム単独《たんどく》で帝国《ていこく》の大軍と戦えば、苦戦はまちがいない。エンデシムを支援《しえん》しなければならないが、南関《なんかん》をおさえられているから、地上部隊は送れない。救援《きゅうえん》に行けるのは飛空騎士団《きしだん》だけだ。むろん、帝国《ていこく》軍はすべて見通して、最初に南関《なんかん》を攻《せ》めたのである。

ダッカは一度、南関《なんかん》に飛空騎士団《きしだん》と騎兵《きへい》部隊を進軍させた。隙《すき》があれば攻《せ》めるぞ、という意思を見せるのが目的で、本気で攻《せ》めるわけではない。騎兵《きへい》中心のフィリム軍は野戦には強いが攻城《こうじょう》戦は苦手なので、相手が守りを固めていれば、手出しはできないのだ。帝国《ていこく》軍もそれは承知《しょうち》の上らしく、野戦に出てくることはなかった。

理想の策《さく》は、エンデシム軍と協力して、南関《なんかん》を南北から挟《はさ》み撃《う》ちにすることだ。だが、帝《てい》国《こく》軍の用意周到《しゅうとう》さからすると、それができる状況《じょうきょう》になるとは考えにくい。

「閣下《かっか》、エンデシムから手紙です」

部下に呼《よ》ばれて、ダッカは立ちあがった。重い右足を引きずって歩く。

鳩《はと》を使った手紙のやりとりはまだるっこしい。いずれエンデシムにおもむくことになろう。なるべくなら、足が治ってからにしたかった。

2 ❖ リディンのもとへ

見習い騎士《きし》たちは、ほぼ同時に小屋に戻《もど》った。シルカが皮肉っぽい微笑《びしょう》で出迎《でむか》え、三つの品を受けとる。

「こっけいな格好《かっこう》になった者もいたようだが、全員が目的を達して戻《もど》ってきたことは喜《よろこ》ばしい」

「もしかして見てたのか?」

ファストラが眉《まゆ》をひそめ、レインは顔を赤くしてうつむいた。シューデリンは口を開きかけたが、何も言わなかった。心身ともに疲《つか》れていて、突《つ》っこむ気力も残っていない。

「自然界には多くの目がある。周りに人間がいなくても、見られていると思ったほうがいい」

「魔法《まほう》動物を使っているのか？」

「そうかもしれないな」

シルカは他人事《ひとごと》のように言うと、まさに沈《しず》もうとしている太陽を見やった。

「リディンのもとには、明日、案内しよう。今夜は小屋で寝《ね》るがいい」

シルカは別に寝床《ねどこ》があるといって、去っていった。

残された見習い騎士《きし》たちは、それぞれの課題について報告《ほうこく》しあった。もっとも、必ずしも正確《せいかく》に話したわけではない。ファストラは雄々《おお》しく滝《たき》に突入《とつにゅう》したと語り、レインは槍《やり》を伸《の》ばしてヒイロバナを採《と》ったと言った。シューデリンは短く告《つ》げただけだ。

「変な魔法《まほう》を使う熊《くま》を倒《たお》した」

ファストラが目を丸くする。

「すごいな。いつのまにそんなに強くなったんだ？」

「ううん、たまたま勝てただけ。次は無理、絶対《ぜったい》無理」

シューデリンは首を横に振《ふ》った。少しは強くなったとは思うが、自信はまったくない。

「でも、シューの弓の腕《うで》なら、立ち回りしだいで熊《くま》にも虎《とら》にも勝てると思う」

レインが熱心に言う。ファストラが大きくうなずいた。

「そうそう。レインが作戦を考えて、シューが弓で援護《えんご》して、おれが正面から戦う。三人そろえば無敵《むてき》だ」

「正面からって……レインの作戦は？」

シューデリンが冷静に突《つ》っこむと、ファストラは一瞬《いっしゅん》、言葉につまった。

「……とにかくみんな無事でよかったよ」

「今日はさっさと寝《ね》ましょ」

レインの提案《ていあん》に、ファストラが同意した。シューデリンがつぶやく。

「でも、あたしは戦いに向いていないと思う」

疲《つか》れはてた三人は、食事もそこそこに、横になった。

翌日《よくじつ》、見習い騎士《きし》たちは日の出と同時に目覚めた。ファストラはぐずぐずしていたが、レインとシューデリンはさっと起きあがって、外に出た。川で顔を洗《あら》い、パンとチーズで朝食をとっていると、シルカが馬でやってきた。

「早いな。もう準備《じゅんび》はできているのか？」

レインとシューデリンは顔を見あわせた。

「ええ、私《わたし》たちはできています」

言いながら、小屋に視線《しせん》を向けると、ファストラが目をこすりながら出てきた。シルカに気づいて、あくびをしながら質問《しつもん》する。

「リディン様は会ってくれるのか？」

「無理だな」

シルカが冷たく言うと、ファストラは口をとがらせた。

「どうして？　おれたちはちゃんと課題をやりとげたのに」

「言ったはずだ。私《わたし》ができるのは、リディンのもとに案内することだけだと」

「あの……」

レインがためらいがちに口を開いた。

「リディン様はもしかして、もう亡《な》くなっているのではありませんか」

「え!?」

大声をあげたのはファストラである。シルカは両眼《りょうがん》に興味《きょうみ》深そうな色をたたえて、レインを見つめた。

「どうしてそう思う？」

レインは前日から考えていたことを語った。

「リディンのもとに連れていくが会うのは無理という、あなたの表現《ひょうげん》と、私《わたし》たちがとってきた三つの品物から、お墓《はか》に案内するつもりだと考えました。オグロドリの巣は、お香になります。ヒイロバナと蜜桃《みつもも》はお供《そな》え物《もの》ではありませんか？　長持ちするヒイロバナはお墓《はか》に飾《かざ》るのにぴったりですし、リディィン様は果物《くだもの》が好きだったそうです。この三つを持っていくのは、やはりお墓《はか》だと思います」

「え？　だって……じゃあ、どうするんだ？」

ファストラは混乱《こんらん》しているが、シューデリンはうなずいている。

「あたしもそんな気がしてた」

「なるほど、君は聡明《そうめい》だ」

シルカは笑《え》みをたたえて、レインを褒《ほ》めた。

「ひとつだけ訂正《ていせい》しておこう。虫がつくから、蜜桃《みつもも》を供《そな》えるつもりはない。とってきてもらったのは、私《わたし》が食べたかったからだ」

「は？」

シューデリンがシルカをにらんだ。シルカはまったく悪びれずに告《つ》げる。

「もっとも、母が蜜桃《みつもも》を好きだったことは事実だ」

「母!?」

三人は声をそろえた。やはりシルカはリディンの息子《むすこ》だったのか。

シルカは平然としている。口をすべらせたのではなく、わざと明かしたのだろう。

レインは話を戻《もど》した。

「リディン様が亡《な》くなったのも事実ですね」

「少なくとも私《わたし》はそう聞かされている」

シルカの答えはまわりくどい。ファストラは明らかに腹《はら》を立てていた。

「はっきりしてくれよ」

「この目で見たわけではないから、断定《だんてい》はできない。母は私《わたし》を産んでまもなく亡《な》くなった、と父が言っていた。父はたまに嘘《うそ》をつくが、それはさすがに事実だろう」

「……すみません」

ファストラが目を伏《ふ》せた。シルカも母を知らないのだ。

レインは息をととのえた。予想していたとはいえ、リディンの死をすぐには受け入れられなかった。任務《にんむ》はどうなるのか。リディンを連れ帰るのは無理でも、呪《のろ》いをとける魔法《まほう》動物を連れて帰れば、ダッカの石化は治る。だが、藍玉《キーラ》がなければ大地溝《だいちこう》を越《こ》えられない。途中《とちゅう》で降《お》りても大丈夫《だいじょうぶ》だろうか。関《せき》に近づけば大地溝《だいちこう》の危険《きけん》は少ないが、帝国《ていこく》軍に見つかる危険《きけん》が生じる。いや、まだそこまで考える段階《だんかい》ではない。まずは事情《じじょう》をより深く知らなければならない。

「エジカ様はご健在《けんざい》ですか」

レインの問いに、シルカは苦笑《くしょう》で応《おう》じた。

「たぶんね。ここを出ていって、死んだという話は聞かないから、どこかで生きていると思うよ」

レインは言葉につまった。母の顔を知らずに育ち、父も姿《すがた》を消したということか。

英雄《えいゆう》の息子《むすこ》として生きるのは大変だと思う。騎士団長《きしだんちょう》の娘《むすめ》でもけっこう大変なのだ。周囲《しゅうい》の期待ややっかみから、逃《に》げ出したくなるときもある。英雄《えいゆう》を知る者が周りにいなければ、そんな気苦労は減《へ》るが、両親がいなければ、生きること自体が厳《きび》しくなる。父母の故郷《ふるさと》であるフィリムで生活するのとは別の困難《こんなん》が、シルカにはあったのだ。

「ここで一人で生きてきたんですか」

ファストラがたずねると、シルカは首を横に振《ふ》った。

「いや、父が出ていったのは三年前、私《わたし》が二十歳《はたち》のときだ。それからも別に一人ではない」

「奥《おく》さんとか？」

ファストラがどんどん突《つ》っこんでいく。シルカは苦笑《くしょう》した。

「質問《しつもん》はそれくらいにして、先に墓参《はかまい》りに行こうか。まだ話しておくべきことがあるが、順《じゅん》序《じょ》を大切にしよう」

「またもったいぶって」

シューデリンがつぶやいた。

その声は聞こえていたはずだが、シルカは無視《むし》して馬にまたがった。

「準備《じゅんび》ができたら、追いかけてくるように」

そう言って、振《ふ》り返りもせずに来た道を戻《もど》っていく。見習い騎士《きし》たちはあわてて荷物をまとめた。

シルカはかなり先行していたので、見習い騎士《きし》たちは空を飛んで追いかける。

「しかし、変わった人だよな」

ファストラがぼやくと、シューデリンが応《おう》じた。

「顔はいいけど、めちゃくちゃ性格《せいかく》悪いよね」

「ああ、親の顔が見てみたいな」

「……それ、リディンだし」

笑い合う二人に、レインは同調しなかった。

「やり方はともかく、私《わたし》たちを助けてくれているように思うのだけど、違《ちが》うかな」

「だから、助けるなら条件《じょうけん》なしで助けてくれればいいの。どうして試《ため》すようなことをするの？」

「私《わたし》たちを育てるため？」

レインは首をかしげつつ言った。シューデリンが一蹴《いっしゅう》する。

「そんなこと、頼《たの》んでないよ。死ぬかもしれなかったんだよ」

「でも、あの人は何かの手段《しゅだん》で見守っていた。本当に危《あぶ》なくなったら手を貸《か》してくれたと思う」

シューデリンは疑《うたが》わしげに眉《まゆ》をひそめた。

「レインがそう言うなら、そうかもしれないけど、あたしは賛成《さんせい》できないな。すぐに解呪《かいじゅ》の魔法《まほう》動物を貸《か》してくれて、ついでに藍玉《キーラ》もくれたら、信じてもいいけど」

「そうだよなあ。藍玉《キーラ》ほしいよなあ」

ファストラがしみじみと言った。シルカの姿《すがた》が近づいてきたので、高度を下げる。

「そういえば、シルカはどうして飛ばないんだろう。飛空馬《ひくうば》がいないのかな。でも、シューが見てるわけだから、飛空馬《ひくうば》はいるんだよな」

シルカが乗っているのは、おそらく普通《ふつう》の馬である。少なくとも、飛空馬《ひくうば》の馬装《そう》ではない。

「飛空騎士《きし》もあの人の他にいるよ。あたしが見たのは、もっと小柄《こがら》だった」

「腹違《はらちが》いの妹でもいるのかな」

それもひとつの可能性《かのうせい》である。シルカは三年前に二十歳《はたち》だったというから、生まれたのはリディンの亡命《ぼうめい》の翌年《よくねん》で、兄や姉はいない。リディンの死後、エジカが別の女性《じょせい》と再婚《さいこん》して、子どももをもうけたというのは、ありえる話だ。

シルカから聞くべきことはまだたくさんありそうだ。

見習い騎士《きし》たちがシルカに追いついたのは、山の手前であった。シルカは騎乗《きじょう》したまま山道をあがっていく。三人は地上に降《お》りてあとにつづいた。

「飛んでいけば楽なのに」

ファストラは文句《もんく》を言いながら、馬を進めている。

「あたしは昨日も通ったんだけど」

シューデリンもぶつぶつとつぶやいていたが、やがて道は蜜桃園《みつももえん》の方角からは外れた。頂上《ちょうじょう》へと向かっていく。

「お墓《はか》は頂上《ちょうじょう》にあるんですか」

ファストラの質問《しつもん》に、シルカは振《ふ》り返った。

「言っておくが、つくったのは私《わたし》ではない。父だぞ」

「じゃあ、その性格《せいかく》の悪さは父譲《ちちゆず》りなんだ」

シューデリンがぼそりと言うと、シルカが反応《はんのう》した。

「たしかに、父はろくな親ではなかった。私《わたし》がまっすぐに育ったのは、奇跡《きせき》と言っていい」

「まっすぐ、という言葉の意味をまちがって覚えたみたいね」

「だとしたら、責任《せきにん》はやはり父にある。フィリム語は父に習った。だいたい、フィリム語の書物は少なすぎる。エンデシムには写本を売る店があって、様々な分野の書物がそろっている。フィリム人はもっと書物を読むべきだ」

「本を読まなくても馬には乗れるし、牛も育てられるからなあ」

ファストラが言った。見習い騎士《きし》は軍学も学ぶが、兵書はエンデシム語で書かれている。飛空騎士《きし》の戦い方を記した書物はない。フィリム人は本を読むより、身体《からだ》で覚えたり口で伝えたりすることを好むのである。

「そういうところが、フィリムの発展《はってん》をさまたげているのだ」

ファストラが顔をしかめる。

「エンデシムがフィリムより発展《はってん》してるとは思わないな」

ファストラの両国に対する心情《しんじょう》は、実は複雑《ふくざつ》ではない。エンデシムは母の祖国《そこく》だが、そこまでの思い入れはないのだ。

「どの点を見て発展《はってん》していると考えるかは人それぞれだ。ただ、比較《ひかく》するより、将来《しょうらい》に向けて課題をさがしたほうが生産的だろうな」

「そんな難《むずか》しいこと言われてもわかんないって」

「もうすぐ頂上《ちょうじょう》です」

レインが冷静に告《つ》げた。

この山はお碗《わん》をひっくり返したような形をしており、頂上《ちょうじょう》は広い。その中央にこぢんまりした石碑《せきひ》があった。

「あれが墓《はか》か」

ファストラがシルカを追い抜《ぬ》いて頂上《ちょうじょう》に駆《か》けあがった。馬を下りようとして、眼下《がんか》の光景に目を奪《うば》われる。

「え？」

乗り手のおどろきにファングも反応《はんのう》して、ひと声いなないた。並《なら》んで登ってきたレインとシューデリンも、言葉を失った。

シルカは愉快《ゆかい》そうに微笑《ほほえ》んでいる。

三人の見習い騎士《きし》が見おろす山の反対側では、十数騎《き》の飛空騎士《きし》が宙《ちゅう》を舞《ま》っていた。

3 ❖ 空飛ぶ騎士《きし》になれるのは

「お、おい、あれって……」

ファストラがかろうじてしぼり出した声は、ひどくかすれていた。水筒《すいとう》の水を飲みながら登ってきたのに、口の中がからからにかわいている。

「飛空騎士《きし》にしか見えない。どうして？」

レインは何度も首を振《ふ》っている。

「エジカがものすごく子だくさんだとか」

シューデリンがつぶやいたが、あまり現実的《げんじつ》とは思えない。

「どういうことですか」

ファストラがシルカを振《ふ》り返った。

「何が？」

シルカは明らかに、見習い騎《き》士《し》たちのおどろきを楽しんでいた。ファストラが飛空騎《き》士《し》の群れを指さす。

「どうして飛空騎《き》士《し》があんなにいるんですか」

「別にいてもいいだろう。父は孤《こ》児《じ》を引きとって育てていたのだ。そのなかで素《そ》質《しつ》とやる気のある者に、飛空騎《き》士《し》の訓練をさせていた。父が去ったあとは、私《わたし》が引き継《つ》いでいる」

「でも、おかしいでしょう。飛空騎《き》士《し》の子どもじゃないのに」

シルカは見習い騎《き》士《し》たちの視《し》線《せん》を受けて、にやりと笑った。

「誰《だれ》がそう決めた？」

「はあ？」

ファストラは思わず声を大きくしていた。口調も乱《らん》暴《ぼう》になる。

「誰《だれ》が決めたとかじゃなくて、飛空騎《き》士《し》の子どもしか飛空騎《き》士《し》になれないだろ。だからみんな苦労してるんだ。リディンだってそうじゃないか」

「それは違《ちが》う」

シルカは笑《え》みをおさめて真剣《しんけん》な表情《ひょうじょう》になった。

「血筋《ちすじ》は関係ない。飛びたい者が努力すれば、飛べるんだ」

雷《かみなり》に打たれたように、見習い騎士《きし》たちは固まっている。それぞれの馬が不安そうにいなないた。

「いや、だって……」

弱々しく抵抗《ていこう》するファストラに、シルカはやさしげな口調で告《つ》げた。

「君は今見ている現実《げんじつ》を否定《ひてい》するのかい？」

「本当に現実《げんじつ》なのですか。何か仕掛《しか》けがあるとか、大がかりな魔法《まほう》とかではないのですか」

確認《かくにん》するレインの顔は、血の気が引いて真《ま》っ青《さお》だった。

「現実《げんじつ》だ。飛空騎士《きし》の子どもしか飛空騎士《きし》になれないというのは、迷信《めいしん》にすぎない。エンデシム人でも、訓練すれば飛べる」

「だとしたら……」

シューデリンが顔をあげた。

「飛空騎士《きし》の子どもでも飛空騎士《きし》にならなくてもいいってこと？」

「理屈《りくつ》ではそうなる。ただし、国の決まりや習慣《しゅうかん》はまた別の問題だ」

風が言葉を奪《うば》い去ったようだった。

三人の見習い騎士《きし》は、それぞれの考えに沈《しず》んだ。

飛空騎士《きし》の子どもは飛空騎士《きし》にならなければいけない。なぜなら、飛空騎士《きし》の子どもしか飛空騎士《きし》にはなれないから。フィリムを守る飛空騎士《きし》を絶《た》やすわけにはいかないから。

今まで当たり前だと思って生きてきた。不満に思っても、信じて疑《うたが》うことはなかった。

それが崩《くず》れた。価値《かち》観が一変した。

頭が混乱《こんらん》して、熱をもっている。足もとがふわふわして、あぶみの感覚がない。それぞれの愛馬がとまどったように足踏《あしぶ》みしている。

ファストラが母と引きはなされたのは、飛空騎士《きし》の子どもに生まれたからだ。ファストラが飛空騎士《きし》にならなくてもよかったなら、母が我《わ》が子を連れて逃《に》げようとすることはなかっただろう。

レインは父のような立派《りっぱ》な飛空騎士《きし》になりたいと思っている。ただ、それは飛空騎士《きし》になることが決まっていたからだ。強制《きょうせい》ではなく、自分で選んだ道であれば、また考え方が違《ちが》って、肩肘張《かたひじは》らずにすんでいたかもしれない。あるいは、別の道を進みたいと思ったかもしれない。

シューデリンは怒《おこ》っていた。飛空騎士《きし》として戦うことに、せっかく前向きになりかけていたのに、前提《ぜんてい》がいきなり変わったのだ。誰《だれ》でも飛空騎士《きし》になれるなら、代わりはいくらでも育てられる。やる気のない者が無理にならなくてもいいはずだ。これまでの苦労は何だったのか。運命を押《お》しつけられて悩《なや》んでいたのがばからしい。帰ったらやめてやる。絶対《ぜったい》にやめてやる。

そして三人は、リディンに思いをはせた。「フィリムの戦女神《いくさめがみ》」が亡命《ぼうめい》を選んだのは、飛空騎士《きし》どうしの結婚《けっこん》が禁《きん》じられていたからだ。飛空騎士《きし》の子どもでなくても飛空騎士《きし》になれるなら、その禁忌《きんき》は存在《そんざい》理由がなくなる。

エジカが飛空騎士《きし》を育ててきたのは、自分たちの考えがまちがっていなかったと証明《しょうめい》するためだろうか。

「リディンが待ちかねている。そろそろ動こうか」

シルカにうながされて、三人は考えこみながら馬を下りた。雲を踏《ふ》むような足どりで、石碑《ひ》に近づく。

シューデリンの肩《かた》くらいまでの高さの黒い石碑《せきひ》に、「我《わ》が妻《つま》リディン、ここに眠《ねむ》る」と刻《きざ》まれている。石碑《せきひ》の前には、赤や黄色の花が手向《たむ》けられていた。

「英雄《えいゆう》ではなく、妻《つま》なのですね」

レインの言葉に、シルカがうなずいた。

「母は英雄《えいゆう》と呼《よ》ばれることに抵抗《ていこう》を感じていたらしい。自分が自分でないような気持ちだったとか」

その気持ちは、三人とも、多少は理解《りかい》できた。フィリムでは、たとえ見習いでも、飛空騎《き》士《し》はあこがれの目で見られる。そのようなとき、自分は見習いで初陣《ういじん》もまだなのに、と思う。まるで、鏡に映《うつ》った自分を褒《ほ》められているように感じるのだ。

もちろん、英雄《えいゆう》と呼《よ》ばれる者は一握《ひとにぎ》りで、単なる飛空騎士《きし》とは違《ちが》う責任《せきにん》の重さと、虚像《きょぞう》の大きさを、リディンは受けとめていたはずだ。

シルカがヒイロバナを供《そな》え、キイロオグロドリの巣に火をつけた。魔《ま》を祓《はら》うといわれる独《どく》特《とく》のにおいが流れる。

無言で祈《いの》りをささげて、シルカは立ちあがった。

「さて、君たちはこれからどうする？」

レインが答える。

「任務《にんむ》を果たして帰ります。解呪《かいじゅ》のできる魔《ま》法《ほう》動物をお持ちなら、貸《か》していただけないでしょうか」

「ふむ、そうだったな。貸《か》してやれないこともないが、君たちは藍玉《キーラ》なしで帰れるのか？」

レインは押《お》し黙《だま》った。帰る自信はない。

「藍玉《キーラ》が余《あま》ってたりしないかな」

ファストラの問いに、シルカが苦笑《くしょう》する。

「ずうずうしい要求だな。奪《うば》われたのなら、まず取り返そうと思わないのか」

「思う。めちゃくちゃ思う。相手が何者か知ってるなら、教えてくれ」

勢《いきお》いこむファストラを横目に、シューデリンが指摘《してき》する。

「でも、何で藍玉《キーラ》を盗《と》られたって、知ってるの？」

「多くの目がある、と言っただろう」

シルカは意味ありげに上空を見あげた。多くの鳥が舞《ま》っている。

「とくに上からだとよく見える」

鳥の目で世界を見ているということだろうか。レインは確認《かくにん》してみた。

「魔法《まほう》動物の鳥を使っているのですか」

「そういうことだ。私《わたし》はめったにこの地をはなれないが、大陸で起こる出来事はたいてい知っている」

「すごい。じゃあ、やっぱり、藍玉《キーラ》を奪《うば》ったやつらがどこにいるかもわかるんだろ。早く教えてくれ」

ファストラはすっかり調子を取り戻《もど》している。

「教えてもよいが、君たちだけでは、取り返すのは無理だ。私《わたし》の作戦にしたがうなら、楽に取り返せるが、どうする？」

もちろん、と言いかけて、ファストラはレインとシューデリンを振《ふ》り返った。

「どうしようか？」

「また変に試《ため》したりしないならいいよ」

シューデリンが言うと、レインは眉間《みけん》にしわを寄《よ》せて語った。

「したがうしかないでしょう。悔《くや》しいけど、私《わたし》たちだけではどうにもできないと思う。それに、『鳥の目』が使えるなら、藍玉《キーラ》がどこにあるかも、敵《てき》がどこにいるかもわかるから、楽に取り返せるというのも、はったりではないかもしれない」

ファストラがうなずいて、シルカに伝える。

「任《まか》せるから、おれが活躍《かつやく》する作戦を立ててくれ」

シルカはにやりと笑った。

「よろしい。だが、その前に、私《わたし》の仲間を紹介《しょうかい》しておこう」

シルカはそう言って、山を西へおりはじめた。

4 ❖ エジカの残したもの

飛空馬《ひくうば》は普通《ふつう》の馬と、外見上の違《ちが》いはない。飛空騎士《きし》が乗っている飛空馬《ひくうば》は、腹《はら》までおおう革《かわ》よろいや命綱《いのちづな》など、装備《そうび》が違《ちが》うので区別がつく。

シルカによれば、「巨人の椅子《きょじんのいす》」の飛空馬《ひくうば》は、エジカがフィリムの北の山岳《さんがく》地帯から野生の飛空馬《ひくうば》を連れてきて、飼《か》い慣《な》らしたものらしい。フィリム国に知られたら許《ゆる》されないだろうが、辺境《へんきょう》を旅すれば、見つかることはまずない。

「巨人の椅子《きょじんのいす》」の飛空馬《ひくうば》は、今は二代目、三代目も産まれて、二十頭ほどを数える。藍玉《キーラ》は貴重《きちょう》なので使っていないが、そのおかげなのか、藍玉《キーラ》なしでの飛行力は、見習い騎士《きし》たちの飛空馬《ひくうば》よりも高いという。

「あなたは飛ばないいんですか」

ファストラの問いに、シルカは不機嫌《ふきげん》そうにうなずいた。

「何で？　両親ともに飛空騎士《きし》なのに？」

言ってから、ファストラは気づいた。

「あ、別に親が飛空騎士《きし》じゃなくてもいいのか。でも、ここで暮《く》らすなら、飛べたほうが楽じゃないですか」

「その必要はない。下におりる道もあるし、『鳥の目』もある。飛べなくても困《こま》らない」

「高いところが怖《こわ》かったりして」

シューデリンの言葉を、シルカは無視《むし》した。どうやら、図星らしい。

シルカは無言で馬を進めて、見習い騎士《きし》たちを小さな集落に案内した。広場の周りに、草ぶき屋根の小屋が五軒《けん》、大きな馬小屋、屋根つきのかまどなどが配置されており、周囲《しゅうい》には畑が広がっている。

飛空騎士《きし》が次々と降《お》りてきて、広場に列をつくった。全部で十五人いる。男が七人、女が八人、いずれも若《わか》い。みなシルカより年下だろう。

それ以外にも子どもたちが数人いて、小屋の陰《かげ》からこちらをのぞいている。

見習い騎士《きし》たちは馬を下りて、広場へ足を踏《ふ》み入れた。シルカは馬の手綱《たづな》を一人の子どもに渡《わた》した。馬小屋につなぐのだろう。

「彼《かれ》らは、戦《いくさ》や疫病《えきびょう》で親を失った子たちだ。エンデシムでは、タスクル教の修道院《しゅうどういん》が孤児《こじ》を養っているが、その教えや生活になじめない子もいる。そういう子たちを助ける組織《そしき》があって、私《わたし》も何人か引きとって育てているのだ。たいていは飛空騎士《きし》をめざす子と、その兄弟だな」

「意外に善良《ぜんりょう》なんですね」

ファストラが正直な感想を述《の》べながら、子どもたちに笑いかけた。

タスクル教はエンデシムの国教である。この世界を善《ぜん》と悪、光と闇《やみ》の戦いととらえ、光の神を信じて善行《ぜんこう》を積むよう教えている。タスクルというのは、教えを広めた聖者《せいじゃ》の名前だ。飲食の禁忌《きんき》はなく、制約《せいやく》の多い宗教《しゅうきょう》ではないが、修道院《しゅうどういん》は社会から完全に切りはなされており、修行《しゅぎょう》は厳《きび》しいという。

フィリムでは、太陽をはじめとして、山や川といった自然に神が宿っているという信仰《しんこう》が主流だが、タスクル教徒もいて、王都には寺院もある。

飛空騎士《きし》の一人が進み出た。

「フィリムの飛空騎士《きし》よ、手合わせ願いたい」

長い髪《かみ》を後ろで束ねた女性《じょせい》だ。ファストラが勇んで進み出る。

「もちろん、受けて立つぞ」

シルカがあきれ顔で女性《じょせい》に声をかける。

「やめておけ。相手は見習いだ」

「おれはかまわないんだけど」

「そのような暇《ひま》があるのか？」

問われて、ファストラは言葉につまった。

レインが質問《しつもん》する。

「この飛空騎士《きし》たちは、何のための部隊ですか？」

ファストラとシューデリンが、小さく「あ」と声を発した。当然の疑問《ぎもん》である。まさか、「巨人《きょじん》の椅子《いす》」を守るためではあるまい。みなエンデシム人のようだが、フィリムと戦うこともありえるのだろうか。

「両親は、このネイ・キール大陸に住む民《たみ》を外敵《がいてき》から守りたいと考えていた。フィリムとエンデシムではない。あくまで民《たみ》だ」

「ん？　どう違《ちが》うんですか」

ファストラが首をかしげた。

「彼《かれ》らはもともと孤児《こじ》だ。エンデシムの国は彼《かれ》らを守ってくれない。彼《かれ》らが生きてこられたのは、周りの人が助けてくれるからだ。だから、守る対象《たいしょう》は人になる。国は滅《ほろ》びたってかまわない。ただ、民《たみ》が殺《ころ》されたり、奴隷《どれい》にされたりするのは許《ゆる》さない」

シルカの口調には力があった。

「私《わたし》たちは、大陸の民《たみ》を守るために戦う」

「えっと、つまり、おれたちといっしょに帝国《ていこく》と戦ってくれるんですか」

「それも選択肢《せんたくし》のひとつにはなる」

「またもったいぶって」

シューデリンがつぶやいたとき、小屋の中から、男が一人、出てきた。

「え？」

レインが声をあげる。男の顔に見覚えがあった。

「よお、また会ったな。久《ひさ》しぶり、というほど日は経《た》っていないが、元気そうで何よりだ」

ほがらかに笑ったのは、森の案内人ネクである。一昨日《おととい》の夜まではいっしょにいたから、たしかに久《ひさ》しぶりではない。

「どうしてここに？」

ファストラが問い、シューデリンが眉《まゆ》をひそめた。

「全然、雰囲気《ふんいき》が違《ちが》うんだけど」

一昨日《おととい》までのネクは無表情《むひょうじょう》で冷たい視線《しせん》が特徴的《とくちょう》だったが、今は浅黒い顔に快活《かいかつ》な笑《え》みを浮《う》かべている。近寄《ちかよ》りがたいどころか、人好きのする印象《いんしょう》だ。口調もはずむようで、以前の淡々《たんたん》とした話し方とはまったく異《こと》なる。

「悪かった。事情《じじょう》があって、言えないことが多かったので、無愛想《ぶあいそう》になるしかなかったんだ。とにかく、無事にここまで来られてよかったよ。藍玉《キーラ》を取り返しに行くんだろ？　おれも協力させてくれ」

「事情《じじょう》とは何ですか」

レインがシルカにたずねた。

「出てくるのが早いんじゃないかなあ」

シルカはネクをにらんだあと、レインに向き直った。

「ネクは私《わたし》の友人であり、協力者でもある。今回は、君たちを助けるのを手伝ってもらった」

まわりくどい表現《ひょうげん》である。

「だから、助けるなら、もっとわかりやすく……」

文句《もんく》を言おうとしたシューデリンは口をつぐんだ。ネクの肩《かた》の上から治癒猿《ちゆざる》が顔を出している。少なくともシューデリンはわかりやすく助けられていた。だが、感謝《かんしゃ》はするとしても、納得《なっとく》できないこともある。飛ばなくても「巨人《きょじん》の椅子《いす》」に登れる道があるなら、教えてくれればいいではないか。

その気持ちを読みとって、シルカが告《つ》げた。

「何もかも与《あた》えてしまっては、真に君たちを助けることにならないからな。自分たちは努力せず、他人の力で任務《にんむ》を達成しても成長はない。成長しなければ、この先の戦いでまちがいなく命を落とす」

「なるほど、おれは成長を実感してるぞ」

ファストラが力強く言った。シューデリンが疑《うたが》いの目を向けたが、あえて突《つ》っこみはしない。

レインがきまじめな表情《ひょうじょう》で質問《しつもん》を重ねる。

「どうして、私《わたし》たちを助けてくれるのですか」

シルカは頭をかいた。

「私《わたし》もやりたくてやってるわけじゃないんだが……」

「やりたくてやってるんだよ」

ネクが決めつけた。

「最初はシルカの両親の遺言《ゆいごん》……いや、エジカは死んでないから、遺言《ゆいごん》じゃないな。両親の教えだったんだ。彼《かれ》らはずっとフィリムのことを気にしていて、何かあったら助けになるように、と言っていたらしい」

「そういうことだ。両親の命令でやっている。私《わたし》は親孝行《おやこうこう》だから、横暴《おうぼう》な命令を守っているのだ」

話を終わらせようとするシルカを横目に、ネクがつづける。

「ところが、君たちの様子を見ているうちに、応援《おうえん》したくなったらしいんだな。子ども好きのこいつらしい」

「子ども!?」

ファストラとレインの声がそろった。

「子どもと言われて怒《おこ》るのは、子どもである証拠《しょうこ》だ」

シルカが話を打ち切るように断言《だんげん》して、歩きだした。

「作戦を説明する。こっちへ来い」

ネクが苦笑《くしょう》する。

「だとさ。ついていってやれ。飛空馬《ひくうば》はこっちで餌《えさ》と水をやろう」

飛空馬《ひくうば》の手綱《たづな》をあずけながら、ファストラが聞いた。

「あなたも飛べるんですか」

ネクは首を横に振《ふ》る。

「いや、おれはここで育ったんじゃなくて、たまたまシルカと知り合った口だから、飛空騎《き》士《し》の訓練はしてないんだ。それに、あいつはよく誰《だれ》でも飛べるって言うけど、全員が飛べるってわけじゃない。おれも乗ったことはあるけど、飛べそうな感じはしなかったな。だから、おまえたちはすごいんだよ」

ネクは頭をかいた。

「さ、行け。シルカを待たせると、機嫌《きげん》が悪くなるぞ」

はい、とファストラは元気よく返事をして、小屋に入った。

5 ❖ 鳥の目

藍玉《キーラ》を奪《うば》ったのは、「森の住人」と呼《よ》ばれる、独自《どくじ》の風習を守っている者たちだった。森にはエンデシムの支配《しはい》は及《およ》んでおらず、森の住人がいくつかの集落に暮《く》らしているという。

「森の住人を傷《きず》つけたくはない」

シルカはまずそう言った。

「彼《かれ》らには彼《かれ》らのしきたりがある。彼《かれ》らの考えでは、森は住人の共有の財産《ざいさん》だ。森でとれるもの、森にあるものは、仲間全員で分けることになる。森に入った時点で、それはみんなのものになるから、ことわりなく森に入った者から奪《うば》うのは、悪いことじゃない」

シューデリンが首をかしげた。

「あたしたちの藍玉《キーラ》が、森に入ったらそいつらみんなのものになるってこと？」

「彼《かれ》らのしきたりでは、そのとおりだ」

ファストラが眉《まゆ》をひそめた。

「そんなむちゃくちゃな」

「フィリムやエンデシムの法は通用しないんだ。本来、彼《かれ》らは森の奥深《おくふか》くに住んでいて、町の近くまでは来ないいんだが、帝国《ていこく》の侵攻《しんこう》でさわがしいせいか、様子を見に来たんだろうな」

レインが手をあげた。

「藍玉《キーラ》を奪《うば》われたのは、森の外でした。その点をついて、話し合いはできないでしょうか」

シルカが感心したようにうなずく。

「いい考えだ。だが、こっちの理屈《りくつ》が通用する相手じゃないから、話し合いには時間がかかる。私《わたし》はやりたくない。父がいたら、うまく言いくるめられただろうが、いないからな」

エジカは森の住人と良好な関係を結んでいて、たびたび彼《かれ》らの集落に行っていたという。そのため、シルカの仲間たちが危害《きがい》をくわえられることはないが、エジカが去ってからは交流はほとんどないそうだ。

「だから、奪《うば》い返すんだが、彼《かれ》らは彼《かれ》らの法では悪事を働いているわけではないから、傷《きず》つけずに目的だけを達成する。心しておくように」

ファストラは不満そうである。

「攻撃《こうげき》されても手を出しちゃいけないのか？」

「そうだ。飛空騎士《きし》ならできるだろう」

そう言われると、ファストラとしてもやるしかない。レインとシューデリンは、もともと相手を傷《きず》つけたいとは思っていないので、シルカの考えに賛成《さんせい》だった。

シルカは十数羽の鳥、おもに森鴉《もりがらす》をネイ・キール大陸の各地に送っている。鳥たちと意思を通じ合わせ、その魔法《まほう》を受信することで、シルカはどこにいても、鳥の目から見た光景が見える。また、近い距離《きょり》であれば、赤帽子鳥《あかぼうしどり》と呼《よ》ばれる小さな鳥を通じて、人に指示《しじ》を伝えることもできる。赤帽子鳥《あかぼうしどり》は念を受けた人の言葉を話す魔法《まほう》動物だ。

「上から見て前線にすぐ指示《しじ》できるって、戦《いくさ》の指揮《しき》をとれば無敵《むてき》じゃないか」

ファストラが興奮《こうふん》する。飛空騎士《きし》も空から戦場を見られる点で有利だが、他の部隊への合図では苦労している。伝令を走らせれば時間がかかるし、太鼓《たいこ》や角笛、花火などでは、細かい指示《しじ》は伝えられない。

「よほど大きな兵力の差がなければ、負けることはないだろうね」

シルカは謙遜《けんそん》しなかった。

「君たちも私《わたし》の指示《しじ》にしたがっていれば、必ず成功する」

「うん、実行役も優秀《ゆうしゅう》だからな。成功はまちがいない」

ファストラはまるでシルカが昔からの仲間であるように接《せっ》していて、シルカも嫌《いや》がってはいない。これはファストラの人なつこさからくるものだろう。

「藍玉《キーラ》があるのは集落の宝物蔵《ほうもつぐら》だ。住人が狩《か》りに出かけて手薄《てうす》になったところを……」

おそう、と口にして、シルカはにやりと笑った。

「ネクとファストラがおとり、レインとシューデリンが取り返すほうの担当《たんとう》だ。宝物蔵《ほうもつぐら》の右手の箱に君たちの藍玉《キーラ》が入っている。言うまでもないが、他の物には手を触《ふ》れるなよ」

「わかりました」

レインが応《おう》じたのに対し、ファストラは不満を顔にあらわした。

「おれがおとりっていうのは、適材適所《てきざいてきしょ》とは違《ちが》うんじゃないか」

「敵《てき》を傷《きず》つけずに引きつけるのは、簡単《かんたん》な仕事ではない。君以外には任《まか》せられない」

シルカが重々しく言うと、ファストラはほおをゆるめた。

「そ、そうか。考えてみれば、盗《ぬす》みよりはふさわしいかもな」

レインとシューデリンが顔を見あわせて笑った。何とあつかいやすいことか。

シルカが机《つくえ》の上に石を置いて作戦を説明する。

「作戦がはじまったら、指示《しじ》は赤帽子鳥《あかぼうしどり》が伝える。必ずしたがうように」

赤帽子鳥《あかぼうしどり》が飛んできて、レインとファストラの肩《かた》にとまった。その名のとおり、頭の赤い鳥である。胴体《どうたい》と目のまわりは黒く、大きさは手のひらにのるくらいだ。

「ちょっと練習してみてくれよ」

ファストラの求めに応《おう》じて、赤帽子鳥《あかぼうしどり》が目をきょろきょろさせた。

〝ファストラは黙《だま》れ。ファストラは黙《だま》れ〟

甲高《かんだか》い声で、ややぎこちないが、充分《じゅうぶん》に聞きとれる。

「何だよ、それ」

ファストラが目を見開くと、大きな笑い声が起こった。

6 ❖ 藍玉《キーラ》を取り戻《もど》せ

翌日《よくじつ》の朝、一行は朝食をとってから出発した。朝食は麦と木の実の粥《かゆ》、それに果物《くだもの》だった。ファストラにとっては物足りないが、持ってきた食料も少なくなってきたので我慢《がまん》した。果物《くだもの》は二人分、食べている。

「巨人《きょじん》の椅子《いす》」には、地中を通る階段《かいだん》がある。そのおかげで、飛空騎士《きし》でなくても、森から「巨人《きょじん》の椅子《いす》」にあがれるのだ。もともと地下水の通り道だったところを加工して、人が通れるようにしたらしい。つくられたのは独立《どくりつ》前で、それをエジカやシルカが修理《しゅうり》して、使えるようにしたのだという。

「通ってみたい」

シューデリンが声をあげた。独立《どくりつ》前につくられたと聞いて、興味《きょうみ》がわいたのだ。森の砦《とりで》のように、美しい装飾《そうしょく》があるかもしれない。しかし、シルカは首を横に振《ふ》った。

「馬が通れないから無理だ」

「シュートは一人で降《お》りられるから」

シルカは少し考えてからうなずいた。

「……別に害はない。勝手にするがいい」

「そうする」

シューデリンはシルカ、ネクとともに階段《かいだん》を使った。たいまつを持ち、ネクにつづいて穴《あな》に入る。穴《あな》の入口《いりぐち》は一人がぎりぎり入れるくらいの大きさだが、ななめに下りながら、途中《とちゅう》で広くなる。ところどころに鉄の足場がつくられていたり、岩をけずって歩きやすくされていたりするが、岩が湿《しめ》っていてすべりそうだ。

シューデリンは槍《やり》を杖《つえ》がわりに慎重《しんちょう》に歩いた。先を行くネクとの差が開いていく。シルカは急《せ》かしてこないので、同じような速度なのだろう。シューデリンとしては装飾《そうしょく》や壁画《へきが》をさがしたいのだが、暗くて周りがよく見えない。

ふいに、足もとがぐらついた。浮《う》いている岩を踏《ふ》んでしまったのだ。あわてて踏《ふ》ん張《ば》ろうとすると、ずるりとすべった。

「え？　あ」

体が下にもっていかれる。シューデリンは槍《やり》を地面について、体を支《ささ》えようとしたが、勢《いきお》いはとまらない。転ぶのはまぬがれているが、それが逆《ぎゃく》に悪いのか、速度があがって、すべりおりていく。とまれない。

「たいまつを捨《す》てろ！」

シルカの声が飛んだ。シューデリンは言うとおりにして、体勢《たいせい》を低くした。空いた左手で突《つ》き出た岩をつかむ。

岩は折れたが、勢《いきお》いは弱まった。とまれたのは、ネクが受けとめてくれたからである。

「あ、ありがとうございます」

シューデリンは肩《かた》で息をしていた。緊張《きんちょう》と恐怖《きょうふ》で心臓《しんぞう》が高鳴っている。

「仕方ない。ここは慣《な》れないと難《むずか》しいんだ」

ネクが支《ささ》えてまっすぐ立たせてくれた。

だから言っただろう、とは、シルカは言わなかった。

「もうすぐだ。明かりが見えているだろう」

外界の光が宝石《ほうせき》のように輝《かがや》いている。シューデリンはそこまで、ネクに手を引かれて下りた。

「お、出てきた」

ファストラの大声が出迎《でむか》える。太陽は雲に隠《かく》れていたが、シューデリンはことさらにまぶしげに、仲間たちのもとまで歩いた。レインからシュートの手綱《たづな》を受けとる。

「どうだった？」

レインの問いに、うつむいて答える。

「ちょっと怖《こわ》かったかな」

「おれも暗いところは好きじゃないな。明るい空を飛ぶのが一番だ」

ファストラが笑って、槍《やり》をかかげた。

「さあ、出陣《しゅつじん》だ」

「わかっているだろうな」

シルカが念を押《お》す。

「わかってるって。敵《てき》は傷《きず》つけない」

一行は二手に分かれて、森を進んだ。ネクとファストラは道を通ってまっすぐ集落をめざし、レインとシューデリンは川沿《ぞ》いに裏《うら》へまわる。シルカは「巨人《きょじん》の椅子《いす》」に通じる階段《かいだん》の入口《いりぐち》に残った。肉体労働はしないから、指示《しじ》の届《とど》く場所にいればいいのだという。

レインとシューデリンは地図を見ながら進み、指定された場所で馬を下りた。徒歩で集落に近づいていく。

赤帽子鳥《あかぼうしどり》がさえずる。

〝集落が見えるところまで近づけ。警戒《けいかい》はされていない〟

声は妙《みょう》に高いが、口調はシルカのものだ。

「了解《りょうかい》です」

こちらの声は届《とど》かないというが、レインはきまじめに返事をした。

しばらく草をかきわけて行くと、木に張《は》られた綱《つな》と、高床《たかゆか》の小屋が見えてきた。二人は木の陰《かげ》に隠《かく》れて、様子をうかがう。

〝一番高い小屋が宝物蔵《ほうもつぐら》だ。それが見える位置で待機せよ〟

二人は綱《つな》に触《ふ》れないように移動《いどう》し、宝物蔵《ほうもつぐら》を確認《かくにん》した。裏側《うらがわ》だから、扉《とびら》は見えない。事前の情報《じょうほう》では、宝物蔵《ほうもつぐら》は火炎犬《かえんけん》が守っているらしい。作戦では、火炎犬《かえんけん》も傷《きず》つけない予定だが、うまくいくだろうか。

一方、ネクとファストラも、集落の見える位置まで来ていた。

〝狩《か》りに出た住人たちがまだ近くにいる。もう少し待て〟

肩《かた》にとまった赤帽子鳥《あかぼうしどり》に言われて、ファストラは空を見あげた。鳥が木々の間を飛んでいて、鳴き声も聞こえる。あのうちのどれかが、シルカの「目」なのだろう。

手持ちぶさたになったファストラは、ネクにたずねた。

「弓と剣《けん》は我流《がりゅう》ですか」

ネクの弓の腕前《うでまえ》は知っている。腰《こし》に下げた剣《けん》も相当に使えるだろうと、身のこなしから想像《そう》できた。

「我流《がりゅう》といえば我流《がりゅう》だな。正統《せいとう》の剣術《けんじゅつ》も学んだが、師匠《ししょう》が我流《がりゅう》だったから。師匠《ししょう》は、親が死んでからおれを育ててくれた人だが、生涯《しょうがい》で負けたことがないというほど強かった。あ、もっと楽にしゃべっていいぞ」

ネクは案内人だったときとは別人のようだった。あのときは近寄《ちかよ》りがたい雰囲気《ふんいき》だったが、今は気さくで話しやすい。

「すごいな。フィリムには剣《けん》が得意《とくい》な人はあまりいないんだ。今度、教えてくれよ」

そう言ったあとで気づいた。

「ネクも孤児《こじ》なのか」

「まあ、そんなものだな。両親はもういない。苦労はしたが、師匠《ししょう》みたいに助けてくれる人がいたから、何とか生きてこられた。シルカの周りには、そんなやつが多いな」

「おれもなんだ。母親は生きているらしいけど、顔も覚えてない。飛空騎士《きし》だから、親が早死《はやじ》にするのは珍《めずら》しくないけど、生き別れは珍《めずら》しいみたい」

ファストラが屈託《くったく》なく話すので、ネクも笑って応《おう》じる。

「うらんでるわけじゃなさそうだな」

「ああ。母さんがおれを守ろうとしてくれていたことは知ってるから。うらむなら飛空騎士《きし》のしきたりだな」

「飛空騎士《きし》にはなりたくなかったか?」

ファストラは両手を振《ふ》って否定《ひてい》した。

「違《ちが》う違《ちが》う。もし自分で選べても、おれは飛空騎士《きし》になる。この手でみんなを守るんだ。だけど、シューみたいに嫌《いや》がっているやつまで、ならないといけないのはおかしいだろ。向き不向きだってある」

「そのとおりだ。フィリムに帰ったらそう主張《しゅちょう》するか?」

ネクはおもしろがっているようだ。

「言うことは言うけど、すぐには変わらない。それはおれだってわかる。でも、まずは帝国《ていこく》を追いはらってからだな」

ネクはうなずいた。

「シルカがおまえたちを気に入るのもわかる。厳《きび》しい戦いになるだろうが、死ぬなよ」

「当たり前だ。おれは絶対《ぜったい》勝って、生き残る」

ファストラが力強く断言《だんげん》したとき、赤帽子鳥《あかぼうしどり》がくちばしを動かした。

〝作戦開始だ〟

「よし、行くぞ」

ファストラが言うと、ネクは右手を軽くあげて応《おう》じた。

ネクがまず、集落に向かって駆《か》けていく。ファストラが低空飛行でつづく。

集落の入口《いりぐち》に近づくと、ネクが叫《さけ》んだ。

「助けてくれ！　追われているんだ」

そのまま集落に飛びこんでいく。

集落の人口は数十人だろうか。土と木で作られた家が数軒《けん》、木々の間に並《なら》んでいる。中央には広場があって、老女や子どもが火の周りで何か作業をしていた。男や若《わか》い女は狩《か》りに出かけているようだ。

ネクは広場をぐるりと駆《か》け、家の裏《うら》へとまわり、また広場に出てくる。それを飛空馬《ひくうば》に乗ったファストラが追いかける。槍《やり》をかまえ、低空を飛んで、住人をおどろかせる。

「どけどけ！　じゃまするとケ怪我《けが》するぞ！」

ファストラは槍《やり》を振《ふ》りまわした。罪悪感《ざいあく》がちらりと胸《むね》をかすめるが、それ以上に、悪役の演技《えんぎ》がおもしろくなっている。

「な、何!?」

「来ないで！」

住人たちが逃《に》げまどう。あわてて家に入ったり、森に逃《に》げこんだりして、たちまち広場は無人になった。

なおもネクは集落を駆《か》けめぐり、ファストラは追いまわす。

「いいかげんにあきらめろ！」

ファストラが槍《やり》を突《つ》き出す。

ネクが振《ふ》り返って、剣《けん》ではじく。

金属音《きんぞく》が高らかに響《ひび》いた。住人からは悲鳴もあがっている。

ファストラはさらに攻撃《こうげき》を繰《く》り出す。ネクは軽々とかわし、跳《と》びあがって斬《き》りつけた。油《ゆ》断《だん》していたファストラはかろうじてよけた。

「なかなかやるな」

上昇《じょうしょう》して体勢《たいせい》を立て直し、急降下《こうか》して攻撃《こうげき》する。ネクは右に跳《と》んでかわし、一回転して起きあがった。今度は子どもたちから歓声《かんせい》があがる。

「がんばれ！　やっつけてしまえ」

はたしてどっちを応援《おうえん》しているのか。

ファストラは首をかしげながら、ネクを追いまわした。二人の頭上を、森鴉《もりがらす》が飛んでいる。

7 ❖ 空高く

「あいつら、明らかにやりすぎだ」

シルカはあきれながら指示《しじ》を送った。

〝レイン、シューデリン、出番だ〟

了解《りょうかい》、と答えて、レインは動きだした。足を忍《しの》ばせて、綱《つな》をくぐり、宝物蔵《ほうもつぐら》に近づく。

シューデリンが、いつでも弓を放てる状態《じょうたい》でつづく。

犬のうなり声が聞こえてきた。宝物蔵《ほうもつぐら》の扉《とびら》の前に陣取《じんど》って、鼻をひくつかせている。白い中型《ちゅうがた》の犬だ。フィリム人のにおいに気づいたのだろうか。口からは牙《きば》がのぞいており、かすかに煙《けむり》が出ているようにも見える。火炎犬《かえんけん》にちがいない。

ファストラとネクが注意を引きつけているので、人の気配はない。犬さえ遠ざければ、宝《ほう》物蔵《もつぐら》に入れるだろう。

宝物蔵《ほうもつぐら》の扉《とびら》は両開きで、とってに鍵《かぎ》がかけられている。鉄製《てっせい》の鍵《かぎ》だが、赤くさびついていて、それほど頑丈《がんじょう》ではなさそうだ。

レインは干《ほ》し肉の切れはしを蔵《くら》の下に投げた。火炎犬《かえんけん》がぴくりと反応《はんのう》する。

「おいしい肉だよ」

頭に肉の絵を浮《う》かべて語りかける。動物にとっては、言葉よりも絵のほうがわかりやすい。ヒイロバナの件《けん》で学んだことをさっそく試《ため》してみたのだ。

火炎犬《かえんけん》がそわそわしはじめた。耳や鼻がせわしく動いている。

「早く来ないととられちゃうよ」

干《ほ》し肉にねずみが集まっている様子を伝える。

火炎犬《かえんけん》は低くうなると、跳《と》びあがるようにして走りだした。しばらく周りを駆《か》けめぐったあと、蔵《くら》の下に入る。干《ほ》し肉に食いついてかじりはじめる。

「あっちにもっとあるよ」

あらかじめ置いておいた干《ほ》し肉の場所を、レインは伝えた。たどっていけば、集落の外に出る。

シューデリンは弓をかまえて蔵《くら》の鍵《かぎ》をねらった。緊張《きんちょう》はしない。シューデリンの腕《うで》なら確《かく》実《じつ》に当たる距離《きょり》で、相手は動かないのだ。熊《くま》と戦うのに比《くら》べたら、楽なものである。軽く息を吸《す》って、吐《は》くと同時に射《い》放つ。

矢はまっすぐ飛んで、鍵《かぎ》をとらえた。がちゃり、と音がして、壊《こわ》れた鍵《かぎ》が落ちる。射《い》ると同時に、シューデリンは駆《か》けている。軽《かろ》やかに跳《と》んで蔵《くら》の前にたどりつき、扉《とびら》を開ける。思ったより軽い扉《とびら》であった。

開けたとたん、金銀宝玉《ほうぎょく》のきらめきがあふれだす……ということはなかった。壁《かべ》に沿《そ》って置かれた棚《たな》に、箱や袋《ふくろ》、壺《つぼ》がばらばらに並《なら》んでいる。かびのにおいが鼻をついて、シューデリンは顔をしかめた。

ファストラの威勢《いせい》のいい声が聞こえてくる。

早く仕事を終えないと、ファストラが何かしでかすかもしれない。シューデリンは急いで、右手の箱をあらためた。二つめの箱に、藍玉《キーラ》が無造作《むぞうさ》に納《おさ》められていた。飛空馬《ひくうば》の首飾《くびかざ》りの他に、腕輪《うでわ》や足輪に加工されたものもある。

「あ、これ、お父さんの仕事っぽい」

腕輪《うでわ》に手を伸《の》ばしかけて、シューデリンは我《われ》に返った。自分たちの首飾《くびかざ》りを三つつかんで、宝物蔵《ほうもつぐら》を飛び出す。

心配そうなレインと目が合う。シューデリンは首飾《くびかざ》りを軽くかかげて見せた。あとは飛空《ひくう》馬《ば》まで走るだけだ。集落の境界《きょうかい》となる綱《つな》を跳《と》びこえ、木々の間をぬって駆《か》ける。

先行するシューデリンは、レインをちらりと振《ふ》り返った。

「犬は？」

「機嫌《きげん》よく肉を食べていたけど……」

「でも、吠《ほ》え声が聞こえない？」

耳をすますまでもない。ファストラ並《な》みの大声で火炎犬《かえんけん》が吠《ほ》えたてる。しかも、吠《ほ》え声がだんだんと近づいてくる。

「すごく怒《おこ》っている。説得《せっとく》は無理そう」

「そんなこと、あたしでもわかるって」

二人は速度をあげて、懸命《けんめい》に走る。が、犬のほうが速い。

「戦う？」

シューデリンはたずねた。レインがそのつもりなら、腹《はら》をくって戦うだけだ。しかし、レインは荒《あら》い息をつきながら否定《ひてい》した。

「まだ。追いつかれるまでは逃《に》げる」

木の枝《えだ》や葉をはらい、倒木《とうぼく》を跳《と》びこえて、飛空馬《ひくうば》のもとに急ぐ。乗馬靴《じょうばぐつ》は泥《どろ》だらけ、手足はすり傷《きず》だらけだ。蜘蛛《くも》の巣を顔に引っかけて、シューデリンは小さな悲鳴をあげた。手の甲《こう》で顔をぬぐいながら走る。

もう少しで川だ。そこにレースとシュートが待っている。

犬の吠《ほ》え声がやんだ。レインが危険《きけん》に気づいた。

「よけて！」

レインは左に、シューデリンが右にかわす。

燃《も》えさかる炎《ほのお》が、二人の間を引き裂《さ》くように広がった。髪《かみ》が焼けてちりちりと音がする。熱風が吹《ふ》きつけてきて、耳が痛《いた》い。

飛空馬《ひくうば》が見えた。

「もう少し！」

レインが最後の力をふりしぼって足を動かす。

シューデリンは振《ふ》り返ってすばやく矢を放った。矢は火炎犬《かえんけん》の目の前の地面に突《つ》き立った。大きく息を吸《す》いこんでいた火炎犬《かえんけん》が、おどろいてよける。わずかな時間が稼《かせ》げた。

レインはレースをつないでいた綱《つな》を外して飛び乗った。命綱《いのちづな》をつけている余裕《よゆう》はない。そのまま飛びあがる。

シューデリンもシュートのもとにたどり着いた。だが、火炎犬《かえんけん》が迫《せま》ってくる。

レインは剣《けん》を抜《ぬ》くと、体勢《たいせい》を崩《くず》しそうになりながら、枝《えだ》を切りはらった。葉を茂《しげ》らせた枝《えだ》が火炎犬《かえんけん》の上に落下する。

炎《ほのお》を吐《は》こうとしていた火炎犬《かえんけん》は、またしても妨害《ぼうがい》にあった。枝葉《えだは》を嚙《か》みちぎる勢《いきお》いで抜《ぬ》け出したときには、シューデリンも馬上にあった。

火炎犬《かえんけん》が怒《いか》りをこめて炎《ほのお》を吐《は》く。炎《ほのお》が槍《やり》のように伸《の》びる。シューデリンが急上昇《じょうしょう》する。ぎりぎり炎《ほのお》が届《とど》かなかったのは、藍玉《キーラ》のおかげだろう。火炎犬《かえんけん》はなおも激《はげ》しい炎《ほのお》を吐《は》いたが、木々を焼いただけである。

シューデリンはレインに藍玉《キーラ》をひとつ、投げ渡《わた》した。木の上まであがって、二人で顔を見あわせる。

「何とかうまくいったね」

「うん。レインのおかげ」

シューデリンは思わず笑《え》みをもらした。レインのほおがすすで黒くなっていたのだ。レインはあわててほおをこすった。シューデリンのほうはよろいが一部、こげている。

〝よくやった。落ちついて戻《もど》ってこい〟

赤帽子鳥《あかぼうしどり》がうれしそうにさえずった。

その頃《ころ》、ファストラは危機《きき》におちいっていた。

「こいつめ！」

「ここから出ていけ！」

年寄《としよ》りや子どもたちが石を投げてくるのである。弓矢を持ち出す者もいる。

「あ、いて。やめろって」

ファストラは逃《に》げまどった。住人たちが話す言葉はなまりの強いエンデシム語で、会話は難《むずか》しいが、おおよその意味はわかる。

「逃《に》げるのは得意《とくい》じゃないんだよ」

もはやネクを追うどころではない。ファストラは低空で飛びながら、矢や投石を槍《やり》ではじいて、身を守っている。反撃《はんげき》できないのがつらい。相手が大の男なら、傷《きず》つけないように攻《こう》撃《げき》することも考えるが、老人や子どもではそうもいかない。

〝作戦は成功だ。引きあげろ〟

赤帽子鳥《あかぼうしどり》が命じた。

「遅《おそ》いよ」

ファストラは毒《どく》づきながら、上昇《じょうしょう》しようとする。だが、あがらない。愛馬ファングは逆《ぎゃく》に降《お》りてしまった。疲労《ひろう》が限界《げんかい》に達したのだ。どうやら調子に乗りすぎたらしい。石が背中《せなか》に当たって、ファストラは顔をしかめた。思わず、槍《やり》をにぎる手に力が入る。

「ファング、走れるか」

軽く首を押《お》すと、愛馬はゆっくりと走りだした。段々《だんだん》と速度があがる。ファストラは後ろを向いて、迫《せま》りくる矢を槍《やり》でたたき落とした。

集落を出てほっとしたのも束《つか》の間《ま》である。

前方がさわがしくなってきた。狩《か》りに出た住人たちが、異変《いへん》を知って帰ってきたのだ。このままでは、はち合わせしてしまう。ファストラは木々の深い森に馬首を向けた。

「あれは何だ⁉」

「敵《てき》だ！」

叫《さけ》び声が聞こえる。見つかってしまった。

風を切る音とともに、耳の横を矢が通りすぎた。先ほどとは比《くら》べものにならない威力《いりょく》だ。木々は矢を防《ふせ》いでくれるが、馬も速くは走れない。枝《えだ》がじゃまで槍《やり》も振《ふ》りまわせない。住人たちが互《たが》いに指示《しじ》しながら追ってくる。もしかして囲《かこ》まれるのではないか。

〝上しかない。飛べ！〟

赤帽子鳥《あかぼうしどり》が甲高《かんだか》く叫《さけ》ぶ。

「簡単《かんたん》に言うなって！」

ファストラは怒鳴《どな》り返した。ファングは飛ぼうとしているが、わずかに浮《う》くだけだ。全身に汗《あせ》をかいており、息も切らしている。たとえ少し飛べたとしても、枝葉《えだは》をかきわけて、森の上に出るのは難《むずか》しい。

「悪いな、無理させて」

ファストラは左右を見回した。やはり囲《かこ》まれている。もはや、傷《きず》つけないのは無理だ。強《ごう》引《いん》に斬《き》り破《やぶ》るしかないが、どこが薄《うす》いだろうか。ファングはどれくらい走れるだろう。

「ファス！」

声が降《ふ》ってきた。レインだ。

ファストラは上空を見あげた。緑の間に、飛空馬《ひくうば》の姿《すがた》が確認《かくにん》できる。

「藍玉《キーラ》落とすよー」

緊迫感《きんぱくかん》のない口調はシューデリンだ。

「いや待って。引っかかったらどうするんだ!?」

「もう落とした」

「おい！」

ファストラは上に目をこらした。

藍色《キーラ》の光がきらめく。緑を通り抜《ぬ》けて落ちてくる。

「遠い！」

ファストラはあわてて槍《やり》を伸《の》ばした。先端《せんたん》に首飾《くびかざ》りが引っかかる。そのまま根元まですべり落ちてくる。

「よし！」

ファストラは会心《かいしん》の笑《え》みを浮《う》かべた。

ファングが雄々《おお》しくいななく。急にあがったので、ファストラはあわてた。体勢《たいせい》を崩《くず》しそうになって、片手《かたて》で首に抱《だ》きつく。

ファングはそのまま緑を突《つ》き破《やぶ》って森の上に出た。

レインとシューデリンが仲間を迎《むか》える。

「ふう、何とかなったね」

「助かったけど、危《あぶ》なかったぞ。おれだから何とかなったんだ」

ファストラは口をとがらせた。シューデリンがころころと笑う。

「そう、ファスだから落としたんだって。レインが相手なら、あんなことはしないよ」

「ん？　褒《ほ》められてるのか？」

首をひねったファストラは、重要なことを思い出した。

「ネクは？」

レインが答える。

「無事に脱出《だっしゅつ》しているから三人で戻《もど》ってこい、だそうよ」

「じゃあ、どこかで休んで……」

言いかけたファストラは、すぐに気づいた。

「藍玉《キーラ》があるから、一気に飛べるのか」

「そう。ありがたさが身にしみるね」

目的を達した三人は、笑い合いながら、「巨人《きょじん》の椅子《いす》」をめざして飛んだ。疲《つか》れてはいるが、充実感《じゅうじつかん》にあふれている。久《ひさ》しぶりに空高く飛んで風に乗る感覚が心地《ここち》よかった。

8 ❖ 帰郷《ききょう》

その解呪梟《かいじゅふくろう》は、白い羽根と黄色い瞳《ひとみ》をもっていた。羽根はぼさぼさで、いかにも年老いた様子だ。首をぐるりと回して、レインに告《つ》げる。

〈石化の呪《のろ》いをとくなど、たやすいこと。その者を連れてきなさい〉

藍玉《キーラ》を取り戻《もど》した見習い騎士《きし》たちは、「巨人《きょじん》の椅子《いす》」に戻《もど》って、シルカから解呪梟《かいじゅふくろう》を紹介《しょうかい》された。といっても、呪《のろ》いをといてもらいたければ自分で頼《たの》め、と言う。そこで、三人は集落に近い解呪梟《かいじゅふくろう》の巣におもむいた。大きな木に空いたうろである。シルカとネクも同行している。

「連れてくるのは難《むずか》しいので、できればフィリムに来ていただきたいのですが、無理でしょうか」

解呪梟《かいじゅふくろう》は首をかたむけた。ほとんど真横まで曲がるので、少し不気味である。

〈フィリム……リディンがいた国か〉

「はい。英雄《えいゆう》リディンが守った国です。そして今も、飛空騎士《きし》たちが国を守るために戦っています」

会話が成立しているのは、レインの成長もあるが、相手によるところも大きい。リディンを知っているなら、この解呪梟《かいじゅふくろう》は見習い騎士《きし》たちよりはるかに年上だ。レインは知恵《ちえ》のある老人と話しているような感覚になっている。

〈まあ、よかろう。だが、長い距離《きょり》を飛ぶのはしんどい。誰《だれ》か運んでくれ〉

「はい、もちろん」

レインが笑《え》みをもらすと、見守っていたファストラとシューデリンがほっと息をついた。話の内容《ないよう》はわからないが、うまくいったことはわかる。

「これであとは、あなただけです」

レインはシルカに視線《しせん》を移《うつ》した。

「いっしょに来てください。あなたが協力してくれれば、フィリムは帝国《ていこく》に勝てる」

「おれがいなくても勝てるよ」

シルカは首を横に振《ふ》った。

「うちの飛空騎士《きし》が十騎《き》。それで充分《じゅうぶん》だろう。私《わたし》は残った者たちの面倒《めんどう》を見なければならない」

「留守番《るすばん》ならおれがするぞ」

ネクが口をはさんだ。

「フィリムを助けてやれ。それが両親の教えじゃなかったのか。おまえ自身も戦いたいんだろう？」

シルカはため息をついた。

「では聞くが、フィリムの飛空騎士団《きしだん》は、突然現《とつぜんあらわ》れた怪《あや》しい男に、全軍の指揮《しき》を任《まか》せるのか？　いくら私《わたし》が天才軍師《ぐんし》であっても、無理な話だろう」

「自分で言うか」

ファストラのつぶやきは大きすぎたが、シルカは無視《むし》している。

レインは父の顔を脳裏《のうり》に浮《う》かべて言った。

「すぐには無理でしょう。でも、英雄《えいゆう》リディンの息子《むすこ》なのですから、怪《あや》しい素性《すじょう》ではありません。そして、『鳥の目』の能力《のうりょく》がどれだけ有効《ゆうこう》か、騎士団長《きしだんちょう》ならわかるはずです。あなたは必ず受け入れられます」

シルカが眉《まゆ》をひそめる。

「リディンの息子《むすこ》か。気が進まないな。せっかく母を知る者がいないところで、のんびりと生きてきたのに、今さら英雄《えいゆう》の息子《むすこ》にはなりたくない」

「それは甘《あま》えですね」

レインがぴしゃりと言ったので、ネクもファストラもシューデリンもおどろいた。

「私《わたし》たちにさんざん苦労させておいて、自分だけ楽をするのはまちがっています。大陸の危《き》機《き》なのですから、能力《のうりょく》に見合った苦労をしてください」

思いもよらぬ攻撃《こうげき》を受けて、シルカは目が点になっている。

「……いやあ、なるべく苦労はしたくないな」

「あたしは戦うのが苦手なのに、熊《くま》と戦わされたよね」

シューデリンがレインに加勢《かせい》した。

「自分がいれば負けない、とか言ってる人が、のんびり釣《つ》りしてるのはおかしいでしょ」

「のんびりはしていない。釣《つ》りをしながら、『鳥の目』で各地の様子を見ているのだ」

「見てるだけ？」

ファストラも口を出した。

レインがシルカをにらむように見つめる。

「ここの飛空騎士《きし》たちは、大陸の民《たみ》を守るのが目的なのでしょう。あなたが指揮《しき》をとってはじめて、それが実現《じつげん》できるのではありませんか。飛空騎士《きし》の戦いは常《つね》に死と隣《とな》り合わせです。彼《かれ》らを死地に送りこんで、自分は遠くからながめるだけでいいのですか」

シルカは無言で目をそらした。

ネクが腕組《うでぐ》みして、重々しくうなずく。

「よくはない。うん、よくはないよ。シルカ、十五の子にここまで言われて悔《くや》しくないのか。日頃《ひごろ》から主張《しゅちょう》している自分の価値《かち》を、今こそ証明《しょうめい》するべきだろう」

「おまえはどうなんだ？」

苦しまぎれか、シルカは矛先《ほこさき》をそらそうとする。

「いつまでぶらぶらしているつもりなんだ。おまえにもやるべきことがあるだろう」

「だから、留守番《るすばん》してやるって。今回はそれがおれの仕事だ。おまえはフィリムへの義理《ぎり》を果たせ」

「義理《ぎり》なんかない。両親がフィリムを追われたのだから、どちらかというとうらむべきだと思うぞ」

「両親はうらんでなかったんだろ。そう自分で言ってたじゃないか。フィリムを守りたい、ネイ・キール大陸を守りたいっていうのが、両親の思いだろ」

「……考えてみると、私《わたし》は親父《おやじ》に義理《ぎり》やら義務《ぎむ》やらを押《お》しつけられている。旅に出ると言ったとき、力ずくでも引きとめるべきだった」

シルカは天を仰《あお》いだ。

「飛空騎士《きし》の親なんてそんなもんだぞ」

ファストラが明るく言った。

「必要とするときにはもういないんだ」

レインとシューデリンは思わず顔を見あわせた。ついで、同時にファストラの顔をうかがうが、当のファストラはあっけらかんとしている。

ネクがシルカの肩《かた》に手を置いた。

「いいかげんにあきらめろ。おまえの負けははっきりしている」

「しかしなあ……」

なお煮《に》え切らないシルカに、シューデリンがとどめをさした。

「この人、結局、高いところが怖《こわ》いだけなんじゃない？　大地溝《だいちこう》を渡《わた》りたくないだけでしょ」

「挑発《ちょうはつ》しても無駄《むだ》だ」

シルカはきっぱりと言いつつ、首を横に振《ふ》った。

「……だが、このまま拒否《きょひ》していたら、どれだけ悪口を言われるかわからない。行くだけは行ってやる」

「ありがとうございます！」

ファストラが大声で言うと、解呪梟《かいじゅふくろう》がびくりとして羽根を広げた。

シューデリンがつぶやく。

「最初から行くつもりだったくせに……」

その声を聞いたレインが、あわててシューデリンの口をふさいだ。シルカに届《とど》いたら、またへそを曲げるかもしれない。幸いにして、シルカはネクと何やら言い合っていて、聞いていないようだった。

こうして、見習い騎士《きし》たちは、解呪梟《かいじゅふくろう》を連れ、シルカと、彼《かれ》が育てた飛空騎士《きし》たちととともに、フィリムへ帰ることとなった。

「帰ったらいよいよ初陣《ういじん》だ。帝国《ていこく》をやっつけるんだ」

意気ごむファストラに、レインが釘《くぎ》をさす。

「私《わたし》たちはまだ見習いなのだから、出陣《しゅつじん》するとはかぎらないでしょ」

「見事に任務《にんむ》を果たしたんだ。前倒《まえだお》しで卒業に決まってる」

「あたしはやめるからね」

シューデリンは口ぐせのように繰《く》り返している。自分にできることはしたいが、戦場以外のほうがたぶん活躍《かつやく》できる。そう思うのだ。

三人の後ろには、十騎《き》の飛空騎士《きし》がしたがっている。彼《かれ》らの存在《そんざい》は、フィリムに衝撃《しょうげき》を与《あた》えるだろう。フィリムの飛空騎士団《きしだん》は、飛空騎士《きし》の子どもしか飛空騎士《きし》になれない、という前提《ぜんてい》をもとにしてつくられている。その前提《ぜんてい》が崩《くず》れたのだ。どういう事態《じたい》になるか、想像《そうぞう》もつかない。

レインはあらかじめ手紙で伝えるよう提案《ていあん》したが、シルカは承知《しょうち》しなかった。

「偉《えら》いさんは実際《じっさい》に見るまで信じないよ。混乱《こんらん》させるだけだ」

そのとおりだろうとは、レインも思う。父は頑固者《がんこもの》だ。

一行は人目につかないよう、夜に行動して、エンデシムを通り抜《ぬ》けた。エジカが飛空馬《ひくうば》を求めてフィリムにおもむくときに用いていた行路だという。

大地溝《だいちこう》までたどり着けば、人に見られる心配はない。行くときよりはかなり西で渡《わた》ることになった。さらにはばは広くなる。シルカにしたがう飛空騎士《きし》たちは藍玉《キーラ》を持っていないから、渡《わた》れるか心配だったが、シルカは平然としていた。

「毒煙《どくえん》が出るのはもっと西だ。この辺りは下まで降《お》りても問題ない」

とはいえ、長居《ながい》はしないほうがいい。日の出と同時に渡《わた》りはじめ、休息を挟《はさ》みながら、その日のうちにフィリム側に達する予定が組まれた。

「さて、軍師《ぐんし》さまは飛べるのかな」

にやにや笑うファストラを無視《むし》して、シルカは念入りに命綱《いのちづな》を確認《かくにん》した。

「気分が悪いときは言ってください」

心配するレインの声も耳に入っていないようである。

見習い騎士《きし》たち三人のあとを追って、シルカは飛んだ。レインは何度か振《ふ》り返ったが、シルカはまっすぐ前を見すえており、怖《こわ》がっている様子はない。高所恐怖症《きょうふしょう》はひどいものではないのだろうか。

結局、一行は危《あや》ういところなく、大地溝《だいちこう》を渡《わた》りきった。

「あれくらいなら平気なのか」

ファストラがたずねると、シルカは不機嫌《ふきげん》そうに答えた。

「『鳥の目』で見れば、恐怖《きょうふ》は感じない」

ファストラは首をひねった。

「えっと、自分の目で見られるところをわざわざ『鳥の目』で見てたってこと？」

「説明する必要はない」

表情《ひょうじょう》と口調からすると、まちがってはいないらしい。

とにかく、シルカも「巨人の椅子《きょじんのいす》」の飛空騎士《きし》たちも、無事にフィリムに達した。フィリム以外で生まれた飛空騎士《きし》が、フィリムの地を飛ぶのは、はじめてのことであった。

独立暦《どくりつれき》一三三年七月十日のことである。

——下巻《げかん》につづく

〔作〕**小前 亮**（こまえ・りょう）

1976年、島根県生まれ。東京大学大学院修了。専攻は中央アジア・イスラーム史。2005年に『李世民』（講談社）でデビュー。著作に『賢帝と逆臣と 小説・三藩の乱』『ヌルハチ 朔北の将星』（講談社）、『月に捧ぐは清き酒 鴻池流事始』（文藝春秋）、『星の旅人 伊能忠敬と伝説の怪魚』『渋沢栄一伝 日本の未来を変えた男』『服部半蔵（上）（下）』「真田十勇士」シリーズ（小峰書店）、『あきらめなかった男 大黒屋光太夫の漂流記』「三国志」シリーズ（静山社）などがある。

〔装画・挿絵〕**鈴木康士**（すずき・やすし）

1974年生まれ。東京都在住。アートワークではＳＦやハイファンタジーのものを得意とし、現在はフリーランスのクリエイターとして多方面で活躍。書籍の装画を担当した作品に「怪盗探偵山猫」シリーズ、「心霊探偵八雲」シリーズ（角川文庫）、『化石少女と七つの冒険』（徳間書店）、『わたしたちの怪獣』（東京創元社）などがある。

フィリムの翼《つばさ》 **飛《ひ》空《くう》騎《き》士《し》の伝《でん》説《せつ》 上《じょう》**

2024年7月9日　初版発行

作　家……………小前　亮
画　家……………鈴木康士

発行者……………吉川廣通
発行所……………株式会社静山社
〒102-0073 東京都千代田区九段北1-15-15
電話03-5210-7221
https://www.sayzansha.com

印刷・製本………中央精版印刷株式会社

ブックデザイン…大岡喜直（next door design）

編　集……………鈴木理絵

ISBN978-4-86389-788-5